像宇宙一樣幸福，
請熱愛大都市的愛情。

2023. 朴相映

우주만큼 행복하시고,
대도시의 사랑법 많이 사랑해주세요.

2023. 박상영

대도시의 사랑법

在熙，燒酒，我，還有冰箱裡的藍莓與菸

박상영
朴相映

盧鴻金——譯

各界推薦

疫情大爆發之前，我每年大約有一個多月的時間都會待在首爾，在不同的地區過著遊牧生活。首爾的新與舊、現代與傳統，既衝突又交融，走在路上，總讓人驚喜連連、驚呼不斷。「哇，原來這裡有個那麼美麗的小巷子，竟然在高樓之後還有兩排Villa式舊建築（韓國特有聯立住宅）。」或是「啊！原來拐個彎走到底，竟然有一間傳統韓屋咖啡廳！」我常常沒有計劃地搭車到某一個地鐵站，然後就花上一個下午，在邑洞巷弄裡，左繞右彎地探訪。讀朴相映的小說時，就是這種感覺。他透過「映」這個角色，像聊天般說出這些故事，以一種若有似無又不著痕跡的方式，刻劃韓國這個國家在傳統儒教思想下，對男同性戀甚至是所有LGBTQ的偏見。不管是「映」與摯友在熙那種姊妹淘般毫不掩飾的對話，或是照顧生病母親過程裡愛恨交錯的衝突，最後都集結在最愛的奎浩身上；愛的平凡與唯一，讓「映」與「奎浩」的愛，就跟這個世界上的任何人一樣，沒有不同。這不僅是輕快的都會青春敘事，也是自嘲式的文藝青年日記。我跟著「映」重新走過了梨泰院、南山塔、松坡、江南、大學路、三清洞、北村、望遠洞、解放村、聖水洞，想起了在奧林匹克公園裡散步的那個午後，風，徐徐地吹來。

——陳信方（雜學校總編輯）

韓國酷兒文學的重要作家，現今最火紅暢銷的名字。

——韓國民族日報

讀到故事的最後一頁，不禁讓人落淚。聽起來很陳腔濫調，但是，這本書讓我們覺得——我們可以重新相信愛情。

——韓國網站Brunch.co.kr

這些故事就像世界上最令人心碎的喜劇。愛比四十八種情感加起來更難以讓人指認。某種愛寄託在「不顧一切」的速度感之間。有些愛無情地讓對方的愛乾涸。有些愛吞噬了我，然後消失了。看似存在又不存在的東西，消失後又遲到的東西，如同看到某人的背影。本書看似輕快。但這樣的輕快和真實生活的問題並不衝突。你可以對同性戀抱持不同態度，也可以對這些故事嗤之以鼻。但是你永遠做不到的一件事，就是停止閱讀這些故事。「實在是太好玩了」，或者抱著「讓我們看看接下來會發生什麼事」的心態來讀。如果你曾經覺得擁有一個人如同擁有整個世界，如果你曾經真正愛過，讀到最後，你會忍不住流下眼淚。這是一本永遠讀不完的小說！

——金荷娜（著有《兩個女人住一起》）

讀朴相映的小說要握緊拳頭。對於那些試圖規範和強加愛的形式的人，對於那些陶醉於生活常態卻自我欺騙的人，我強烈表態：不是如此！同時我也願意靠著每個手指的力量，自己的體溫和力氣，就是要和那個世界分手。因為那些規則不是我們的。我們的規則不是存在那樣一個虛偽的世界裡，而是在清晨，當我們陷入破碎的深深悲傷中，叫了計程車跑到親友家，終於聽到的「你在這裡？」；是離開機場時，祝福又醜又可憐的愛人成功的問候。我們將帶著這樣握緊拳頭的感覺駕車穿過大城市，在某個地方相遇。一見鍾情，緊緊相擁，進入彼此的內心世界，時而離別，但即使是鬆開拳頭後發現的那一瞬間的孤獨，有時也會在宇宙層面擁抱我們。只要有朴相映的小說，生病、喝醉和哭泣都沒有關係，他讓我們再次相信，愛情的存在。

——金錦姬（著有《大白天的戀愛》）

本書引人入勝，值得廣泛閱讀。它擴大了我們對當代韓國文學是什麼以及可以成為什麼的期望和假設。

——金裕，延世大學韓國文學教授

怎麼會如此激烈，如此新鮮？一頁又一頁，我們發現了令人驚訝又美麗的矛盾情緒。書中的每一頁都勾動我的閱讀渴望，以至於在我讀完最後一頁之前都迫不及待地翻過一頁又一頁。

——韓國暢銷作家申京淑，著有《請照顧我媽媽》

令人沉醉！在朴相映的筆下，青春是如此吵鬧又令人討厭，難以忍受又充滿魅力，既凌亂又睿智。讀著他的作品就像滑著 iPhone 的螢幕，充滿活力，令人上癮。看到對當代酷兒生活如此深刻的探索是多麼令人高興——創傷和狂喜和諧地一同跳動。這是近年興起的千禧一代酷兒小說類型中，耀眼的一部作品。讓人讚歎。

——巴比・芬格（Bobby Finger），《紐約時報》書評

這位南韓作家面向國際的處女作，從第一頁就讓人微笑。這部小說對一個年輕同性戀男子在保守社會迷失方向並找到出路的自傳式描述，以看似輕鬆的文風去面對不怎麼有趣的問題，即使是壞消息也帶著火花。作家的獨特魅力足以消除小說

中如同滑過表面的恐懼。

——《衛報》

朴相映的英語處女作——以這個令人難忘的場景為框架——捕捉到了韓國同性戀者曖昧而模糊的生活場景，彷彿既清晰可見卻又未知。閱讀本書時會使用google map跟隨著主角，在他們最喜歡的城市首爾蜿蜒漫步，讓各個街區都蒙上一層催眠般的色彩。

——美國全國公共廣播電臺NPR

透過人際關係描述了韓國年輕男同性戀者的生活，小說在時間上自由跳躍，給人一種有意為之的推進感和不穩定感。然而，故事本體也被敘述者不可抗拒的聲音所錨定，聲音在真誠、發自內心的情感和可愛的苦澀之間交替。這本書將在其純粹的渴望中席捲讀者。是一部令人上癮、情感深刻的小說。

——《柯克斯評論》（星級評論）

朴相映這本英語處女作讓人驚歎，帶領讀者穿越了青年時期的狂野高潮和低谷。敘述者的力量，尤其是他靈活的文筆和豪放的個性，將敘述推向了高峰，使其成為酷兒文學中的佼佼者。

——《出版者周刊》（星級評論）

風趣好笑又有洞察力，為讀者提供各行各業的人們在生活裡的誠實描述。他們在生活中都帶著缺陷，都希望獲得滿足。朴相映的作品充滿對自我的反思，卻又能引起強大的共感，強力推薦。

——圖書館雜誌

作為一部意義重大（且罕見！）的同性戀小說而成為韓國的暢銷書，朴相映的失戀敘事，無論是對同志或所有的族群讀者而言，都堪稱一座文學燈塔。

——書單雜誌

這本來自韓國的暢銷書讓人驚喜，朴相映的精彩文筆完美捕捉了青春夜晚霓虹燈下的魅力。

——奧普拉日報

我完全被「映」迷住了，他是朴相映筆下激勵人心、書中殘酷卻誠實的主人翁。這本書緩慢地揭示了它的深度，仔細地提供了貫穿整部作品的細節。我喜歡和「映」一起變老，他承載愛和失望的能力一直讓我感到驚訝。這是一個豐富、輝煌的領域，將推動酷兒文學向前發展。

——賈若德．康里（Garrard Conley），《紐約時報》暢銷書作家，著有《被消除的男孩》（*Boy Erased*，暫譯）

朴相映是我最喜歡的新作家，在他的作品中，我們看到了現代韓國的生活，我認為這樣的敘述更為完整——因為包含了酷兒的生活。這本小說中對性的描述坦率直白，風格逗趣，卻又令人心碎，充滿無所畏懼的勇氣。

——亞歷山大・契（Alexander Chee），著有《如何寫一部自傳體小說》（*How to Write an Autobiographical Novel*，暫譯）

本書真實呈現了青春生活的莽撞與躁動，是一本輕快的小說。這本小說讓我想通宵跳舞並墜入愛河。朴相映的寫作真誠、溫柔，具有無法抗拒的幽默和魅力。我已經開始想念他筆下的角色了。

——布蘭登・泰勒（Brandon Taylor），布克獎入圍作家，著有《真實生活》（*Real Life*，暫譯）

導讀——

虛構與現實之間

譯者　盧鴻金

對於韓國這個儒教文化深入民眾思維，要求道德、價值觀、情感劃一的國度而言，同性戀（韓語用「性少數者」來命名，已經表現出韓國人對同性戀者所持的態度）毋寧是無法被坦然接受的族群，他（她）們的感情生活、心路轉折也未能為普通韓國人所知悉。時序進入二十一世紀，韓國的年輕一代雖然已經同意不能將對與錯的標準置於愛情認知之上，但是對於大多數的人而言，依舊無法完全抹去對同性戀好奇與恐懼交錯的情緒。

翻譯作家朴相映這本著作的期間，與他筆下那個勇於面對自己真實愛情的「映」朝夕相處，非但讓我卸除掉自己曾經模糊的警戒心理，更願意去想像這個存在於虛構小說中真實人物的情感。

看著他，總會覺得萬千思緒湧上心頭。我很好奇他是什麼樣的人，也想知道他對我的看法，更想知道他到底用什麼方式來攪動我的感情。我的腦海裡總是出現各種想法和情感，每秒似乎延伸出數千公尺，對於應該如何處理這些從未感受到的能量而困惑。

——〈一片石斑，宇宙的味道〉

墜入愛河時，我們經歷的感情不正是如此？這是理性、邏輯或任何限制都無法控制的感情。雖然愛情如此純粹，但同性戀者卻被指責為錯誤、變態，甚至被要求做出改變。事實上，表達方式也許有所差異，但想要得到愛情的心是人類的本性，而愛情的本質也應該沒有任何界限。

朴相映這本著作由四部連載小說組成。正如書名一般，四部小說各自包含了多彩的愛情故事。〈在熙〉是書中主角敘述自己二十出頭年輕稚嫩時期如愛情般的友情記事；〈一片石斑，宇宙的味道〉則是在三十一歲時回憶自己二十六歲經歷過的戀情，這段戀情讓他的人生留下了傷痕。〈大都市的愛情〉和〈遲來的雨季假期〉則書寫了離別之後才真正明白的愛情關係，以及生活和愛情中無法避免苦惱的事實。

朴相映在書末〈作者的話〉中提到「書中收錄的四篇小說，作者『映』都是一樣的存在，同時也是不同的存在」。小說中的「映」為了確認自己的存在、記錄生活和愛情而從事寫作。故事裡有許多章節生動記錄了他的苦惱、提問和坦率的告白。雖然存在著如同黑色喜劇般讓人大笑的奇妙魅力，但隨之浮現的卻是心痛。因為，雖然「映」很容易陷入愛情，但是無法消除對自己的懷疑，最終多次受傷。

以窺管之見，作家在這四部小說中著力最深的是〈一片石斑，宇宙的味道〉。對一個人來說，另一個人的存在像宇宙一樣具有巨大的意義，這無疑是愛情，但因此而留下無法抹去的傷痛，也是愛情所致。

該文中的「映」無法抗拒曾投身民主化運動、比他大十二歲的「哥哥」的魅力，但是這個哥哥卻對「映」的率真感到羞愧，凡事都想教育映。而映與母親的關係也是極其重要的內容。映的父母在他十一歲時離婚，生命力頑強的母親後來罹患癌症，正與病魔作戰。母親身為虔誠的基督徒，在目睹高中生映與男高中生接吻後，將他送進精神科病房。但其實最需要治療的反而是映的母親，因為破碎的婚姻與自卑的個性，甚至對映產生過度的占有欲，導致她的心理狀態有異，成為了真正需要治療的一方（即便她自己覺得不需要，深信經由宗教的力量可以克服一切逆境）。母親這個角色的設定，也堪可概括韓國父母對同性戀子女的態度。

母親和映一度的伴侶——哥哥——將映視為需要教育或矯正的對象，但真正厭惡自己、迴避真實的這兩人，其實才無法直視自己有所缺乏的事實，一直想將「映」納入自己人生的軌跡。映在他們兩人之間，雖然感到茫然與痛苦，但仍然不放棄努力，正視自己。

她只是為她自己而存在，沒有束縛我的意圖，我也只是為了自己的存在而竭盡全力，從這一點來看，我們其實是相同的人。

——〈一片石斑，宇宙的味道〉

我們都很難看清自己缺乏的部分，越是深愛對方，對方的缺乏就會和自己身上的重疊，導致討厭彼此。在難以相互承擔的關係中，映為了確認自己內心真實身分而做出的努力，造成了彼此關係的疏離，也造就了依賴性傾斜的情感。

也許愛情並不是希望得到無盡的理解和原諒，而是懂得「在人生的某個時刻放棄」的智慧。承認對方真實的想法、完全理解並原諒對方，其實是不可能實現的空想。超越過時的觀念以及社會視線中律定的愛情定義，努力探索並接受自己的感情、關係和情慾的主角映，其實非常勇敢。無論受傷還是失敗，他都會將自己毫不猶豫地投入真實的感情中。他勇於追尋愛情和自我存在的身影，可以讓讀者學習為了讓自我完整而努力的愛情意義。

雖然非常清楚，所謂愛情的這種情感、語言是多麼容易破碎，但我還是只能再次緊握拳頭，擁抱這小小的溫暖。我只能說，我熱愛我的生活、熱愛這個世界。

——〈作者的話〉

因為這部小說中描寫的愛情脫離了社會規範的正常性，所以或許會有人無條件、主觀地加以拒絕。但對我來說，我們稱之為愛情的感情就像宇宙一樣廣闊，其中沒有傳染和錯誤的界限，也沒有優越的區分。只要互相依靠、陪在身邊，就足以感到安慰。在渴望關係、愛情的感情前面，我們只不過是同樣的人而已。

我們是否曾經因為害怕而迴避沒有經歷過的世界，或者只是看到那個世界扭曲的一小部分？身為譯者，我非常願意將這本小說推薦給所有勇於了解自我真實情感的人。

朴相映的小說著作已經穩坐韓國同志文學的龍頭地位，這本新書也獲得二〇二二年國際布克獎入圍，版權銷售數字已達三十餘國。最近（二〇二三年四月）韓國的製片公司也決定要將本書拍攝為連續劇，朴相映並將參與劇本的寫作。相信他的文學路會走得愈發寬廣而自在。

· Contents ·

在
熙

1

我走進酒店三樓的翡翠廳，聽說有四百名賓客。感覺上，現場的人似乎比這個數字還要多。我坐在禮臺附近的一個指定座位上，看了看四處的餐桌。法文系同學們各自帶著老化速度不一的面孔坐著。究竟來了多少人啊？之前，無論是社團的酒約或者系友會，只要有人通知，在熙絕對會毫不猶豫地參加，現在大概就是之前累積的結果吧。由此看來，在熙的親和力真是到了令人噁心的程度。我和至少時隔五到十年沒有見面的同學打了招呼。「聽說你成了作家，恭喜啊！」「多連絡吧！」「聽同學們之間傳出你死了的消息，還活得好好的嘛！」「你的小說在哪裡可以看到？在網路找了半天也沒找到。」「看來你寫東西也很辛苦吧，胖了這麼多。」「你還喝那麼多酒啊……」

我的書不久後就要出版，我已經很少喝酒了，隨著年紀大，身材自然變胖，你們不也一樣？你們如果繼續這樣說，我可不能保證以前發酒瘋的情況不會再次出現。雖然想這麼說，但身為三十多歲的社會人士，不得不有教養地一笑帶過。如果有人說看過我的小說，我會回答說那都是我編造出來的。根本沒有人詢問的問題，我卻準備好該如何回答，真可笑。如果說自我意識過剩也是一種疾病，那我的情況實在是太嚴重了。

—婚禮馬上就要開始，請各位來賓就座。

婚禮的司儀是新郎的朋友，下巴很尖，皮膚油光，完全不是我的菜。他的慶尚道[1]方言口音很重，主持能力也不怎麼樣，聽說是電視臺的記者。我比他好太多了，為什麼要根據慣例，讓新郎的朋友擔任司儀？這實在讓我覺得不是滋味。

前方大螢幕上出現在熙和新郎的合照。看著以手機拍攝畫質低劣的兩名男女的照片，我連續喝了好幾杯紅酒。不久前跳槽到企業銀行的哲九戳戳我問道。

—說實話，你和在熙到底是什麼關係？傳聞是事實嗎？

傳聞雖然是事實，但是哲九啊，你這個跟在熙表白後被拒絕的傢伙，這好像不是你應該說的話吧？

＊＊＊

二十歲的夏天，在熙和我迅速親近起來。在那個時期，只要有人請我喝酒，無論

1 譯注：韓國方言區分為幾大類，慶尚道方言通行區域包括韓國的釜山市、大邱市、慶尚南道以及慶尚北道，是韓國方言中腔調較重的方言。

對方提出什麼要求我都會同意。那天也與平常差不多，我和不知道幾歲的男人在梨泰院漢密爾頓酒店的停車場接吻。他在地下的俱樂部裡請我喝了六杯龍舌蘭酒，月光、路燈和全世界的霓虹燈似乎都在為我閃耀，耳畔彷彿仍然迴盪著凱莉．米洛〈Magnetic Electric〉混音歌曲的旋律。對方是誰並不重要，重要的是我和某個人在黑暗城市街道上的此時此刻。因此，我和身分不明的人用盡全力交纏彼此的舌頭。就在我相信世界上所有的一切都在為我沸騰時，有人猛力撞擊我的背部。在醉醺醺的情況下，我還能判斷這分明是出於厭惡的攻擊行為。於是我離開對方的嘴唇，轉過身去。我下定決心，如果情況不妙，將不惜一切和對方幹上一架。我握緊拳頭，但站在我面前的卻是在熙。就跟往常一樣，她叼著一根濾嘴上沾了口紅的紅色萬寶路香菸。我的酒好像一下子就醒了，在熙看著露出驚訝表情的我，笑得喘不過氣來，然後用她特有的洪亮聲音大喊：

—乾脆把他吞到肚子裡去吧！

我也不自覺地說出：妳在講什麼啦？之後大笑起來。這時，和我接吻的男人去了哪裡，甚至他是誰，現在都記不得了，只大略記得在熙和我在停車場說過的話。

—妳不會告訴學校其他人吧？

—當然，我雖然沒什麼錢，但還是有道義的。

—可是妳沒嚇一跳嗎？我和男人……

—完全沒有。

—妳什麼時候知道的？

—看到你的第一眼。

此類老套的話。

那時我還不太了解在熙，只記得她無論何時都穿著短褲，下課後比任何人都要更早一步跑到建築物外面抽菸。坦白說，在熙在系裡的評價幾乎是最差的。

大學時，我幾乎是系裡名副其實的邊緣人，但也不是從一入學開始就那樣的。當時只因為比別人高大一些，經常被男性學長邀去他們的租房聚會。他們一起混的習慣非常固定，大概都是在撞球場或網咖結束第一輪後，聚集在學校前面的廉價餐廳，灌進燒酒配上非常鹹的下酒菜，然後去差別不大的租房中屋況最好的學長房間玩，聊聊女人後打呼入睡。根本就不值一提的二十、二十一歲的男孩把自己當成什麼大人物一樣，說自己做愛有多厲害，讓誰如何滿足，系裡的女孩誰最容易上床，在熙是經常被提及的對象之一。這種謊言分明一半以上都是編造的，我懷疑自己為什麼進入大學還得聽這些垃圾。有一次喝醉後我大喊「你們這些長得像傻屌的人少在那邊吹牛」，把酒桌給掀翻了，他們從那之後乾脆就不約我了。原本群體的屬性就很可笑，如果一度是該群體的一部分，被排擠出來的人必然會成為更美味的祭品。他們對品評那些女孩感到厭倦，就開始拿我當下酒菜，說怎麼看都像個同性戀、去梨泰院那裡玩……什麼的，好像只有純真如二十歲的人才會在意的那些消息，傳得沸沸揚揚，那其中只有一半是對的（現實總是超出想像）。還不到一個學期，系裡幾乎沒有人不認識我的時候，那些傳聞才進了我的耳朵，我於是變成了笑話。我心想以後在系裡交不到朋友了，但又自嘲地合理化說那又怎麼樣，這些人都不太會喝酒，也沒有什麼意思。在整理如此複雜的心情時，在熙突然出現在我的人生當中。

意外與在熙共享祕密的我，從那之後，就開始聊些關於男人亂七八糟的話題。事實上，在熙和我都沒有能聊這種話題的人，所以彼此的需求都非常迫切。

在熙和我的共同點是貞操觀念淡薄，不，不只是淡薄，簡直是沒有，而且這點在我們各自的生活圈裡都頗為有名。在熙的身高是一六七公分，五十一公斤，我則是一七七公分、七十八公斤，兩個人都只比平均身高高了一點而已，雖然臉長得不是太好看，但也不醜，還算帶得出場（我獲得小說作家新人獎的時候，在評語中最常出現的句子就是「客觀的自我判斷力」）。二十歲的身體貧窮但能肆意揮霍，世界已經做好了盡情利用的準備，因此我們輕易就能隨便找個男人喝酒，到了早上則聚在我們其中一人的租房，在腫脹的臉部貼上面膜，共享一起過夜的男人的話題。

—他說自己在製作登山服的公司上班。老二比較小，但因為愛撫很厲害，所以給他五十分。

—那人說自己是延世大學[2]統計系畢業的，好像是說謊。他不但長得非常一般，一開口更讓人覺得他的腦袋是空的，太可笑了。

—他想偷錄影片，所以我把他的手機扔出去，他說只是自己要看的，哼！以為我不懂？

就這樣，盡情地罵那些男人，直到不知不覺閉上眼睛，經常臉上貼著乾巴巴的面膜就一起入眠。絕大部分的日子是，容易早醒的我先起床，在熙還用被子蒙著頭睡，我就去煮速食明太魚湯或拉麵，在熙聞到味道後會起床，一起用酸泡菜泡冷飯吃。因此，不知不覺間，在熙的房間擺放著我的髮膠和刮鬍刀，我的房間裡擺放著在熙的眉筆和粉餅。我一個人的時候會拿起在熙的眼線筆填補眉毛間的稀疏處，或者拿出粉餅，毫無緣由地拍打臉頰或額頭三次，但是在熙不知道這件事。每當這時，我總會想，在熙可能也會用我的刮鬍刀刮掉自己的腿毛或腋毛。

---

2 譯注：延世大學，韓國歷史最為悠久的大學之一。英語拼音為Yonsei University，與首爾大學（Seoul National University）和高麗大學（Korea University）並稱為「SKY」。

在熙與父母斷絕關係是在二十一歲的春天。我們倆和父母的關係都不太好，但這並不意味我們的父母是壞人，他們只是平凡中產階級家庭的保守父母。就像大部分平凡的父母一樣，他們雖然經常對子女說一些讓人感到鬱悶的行為規範，但私底下卻興奮地搞外遇或對宗教、股票、直銷著迷。以我來說，因為討厭父母，所以故意懷著「該吃的東西都要吃乾抹淨」的心態（或許因此行為越來越暴躁了嗎？），我每個月向媽媽要幾十萬韓元的零用錢。反觀在熙，她和父母大吵一架後，乾脆斷了連絡，甚至拒絕經濟上的援助，她果然是個有稜有角的女人。

在熙找到的第一份工作是在社區的咖啡廳「Destinée」打工。她說並不是因為招牌上寫著「命運」這一具有宏大意義的法語而選擇了那裡，只是因為那裡是社區裡為數不多、可以自由吸菸的咖啡廳，所以一下子就喜歡上了。在熙一邊抽菸一邊煮咖啡的樣子，總是帶著二十出頭天真浪漫的可愛。每當我交到新伴侶時，都會把他們帶到Destinée接受在熙的某種審查（？）。在熙每次都批評說他們只是為了滿足自己的性慾，根本是性格像臭狗屎的傢伙。後來回首一看，在熙說的都沒錯。

在熙白天是Destinée的店員，晚上做家教老師，凌晨還抽出時間喝酒。同時，她還聽學校的課，成績也還可以，總之無論做什麼都會超過平均水準。這樣的在熙，其他方面都不錯，唯獨在選擇好男人及在適當時機告別亂七八糟的男人這方面，沒什麼天分。所以，我每次都會替在熙傳拒絕或分手的訊息給那些男人，我根本是那方面的達人，因為只要把我被別的男人甩掉時聽到的話原封不動地轉發就可以了，沒有什麼困難；那個時期的我，根本是冷麵店門口隨便把鞋子抹一下就可以走過去的腳踏墊（客觀的自我判斷能力！）。

當Brown Eyed Girls的〈Abracadabra〉席捲全國時，我收到了入伍令。入伍前聽到一個故事，有人因為給愛人的信件開頭寫著「親愛的哥哥」而被揭穿是同性戀後，在軍隊裡吃了很多苦頭。所以我在進入新兵訓練中心之前，提醒當時交往的Ｋ要以在熙的名義寫信。每當這個時候，在熙總是成為很好的煙霧彈。不僅是Ｋ，我還命令在熙每天寫好笑的故事寄給我，但因為知道在熙討厭麻煩的性格，所以並沒有特別期待。

第二週訓練結束後，第一次收到信件時，我感到極度驚訝。因為，在入伍前愛得死去活來的Ｋ，半個月裡只寄來一封信（甚至連一張信紙都沒有寫完），但完全沒有期待的在熙卻寄來了十二封信。剛開始是寫她荒唐的日常生活（昨天在魷魚海邊喝酒的時候，把桌子掀翻了……）、胡亂寫下罵系裡人的髒話（哲九那瘋子想要跟我睡覺，我知道他在背後罵我，他這個表面和內心都十分噁心的傢伙……）。隨著日期的推移，她開始表達對我們一起經歷的時光的感想和對我的思念，甚至在最後一封信中寫道：「只有失去後才會明白的珍貴，你就是這樣。」這種不知道從哪裡抄來的句子，雖然知道這信一定是她喝酒之後寫下的，但還是有一點感動。因此，在部隊發的信紙上，我寫下以「全世界最醜的在熙……」為開頭的回信。

我剛被分配到部隊時，傳來在熙又開始和父母連絡的消息，在他們的資助下，去了澳洲當交換學生。另外，她還說K的行為不太尋常，建議我找一天好好審問他（用不了多久的時間，就證明她的直覺是正確的）。後來我因意外事故以傷兵身分退伍，在這六個月的服役期間，在熙在軍隊裡如同是我公開的女朋友。

當我就像被趕出去一樣地重新回到社會的時候，在熙已經去澳洲了。這意味著直到復學為止，約有半年左右的時間，我的生活中沒有在熙，只能獨自一人過日子。我沒有特別想做的事情，也沒有想見的人，一整天沒有離開過我房裡的床，過著每天吃飯、睡覺的生活。媽媽看不過去我如此懶惰，聽膩她的嘮叨之後，不到三個月，我就搬進學校門口的考試院裡。

＊＊＊

過了一年，我和在熙在仁川機場重逢。她發現站在入境出口的我，扔下了行李箱，跑過來抱住我。聞到她頭髮上的菸味，我才真正感受到我們再次在一起的事實。

在熙回到韓國後，就以驚人的速度在學校正門前租了一間面積有十坪的全租公寓套房[3]，並報名了英語補習班，提高多益成績。復學後，她雙主修經濟學，還進入市場行銷社團進行案例研究，為了就業做足準備。我對在熙那積極正面的樣子感到非常陌生，還好看到她一週喝七次酒，覺得還是我認識的那個在熙。

搬進新家不久，在熙開始說起奇怪的話。她說每天晚上十點，有個男人都會來到家門口，呆呆地望著她家窗戶。

—聽說全租房很少，可能是房屋仲介之類的吧？

我敷衍地回答她後，總覺得心裡仍有掛念。她說，有一次只穿內衣吹頭髮時，與盯著自己看的男人對上視線。她還補充說，因為住在樓層較低的二樓，只要發狠，完全可以攀進陽臺。我跟她說，如果實在覺得不安，我也是男人，可以去妳家假裝和妳同居

3 編注：「全租房」是韓國租屋市場中的一種特殊現象，租屋者只需給房東一筆押金，每月不需再繳房租，租約到期時房東會將押金全數退回給租屋者。「全租房」與「月租房」的差別在於月租房不需要付押金，而是按月付租，但退租時租金不會返還。所以韓國多數租屋者更喜歡全租房，全租房的貸款利息也比月租房便宜。

幾天。在熙說雖然沒有感到不安，但晚上有點無聊，讓我去她家玩幾天。

我就像去參加ＭＴ[4]一樣，帶著內衣褲，以及可當睡衣的短褲和無袖Ｔ恤去了在熙的家。我們一面煮咖哩吃，一面看著無用的戀愛諮詢的綜藝節目，批評參加者令人寒心的行為。我躺在床上玩手機，在熙洗完澡之後走出來。她在吹乾頭髮時，透過窗簾看到了隱約晃動的影子。我若無其事地看著一切，但在熙卻走近陽臺迅速掀開窗簾，看到一個骨瘦如柴的男人蜷縮在室外冷氣機旁。哦，是真的啊！在熙做出一連串動作，她迅速打開窗戶，朝那個呆住的男人的臉一腳踢過去。男人倒下，呻吟著抬起頭，鼻子和嘴巴都流血了。在熙是在一個非常重視教育的社區長大，從幼稚園開始學習鋼琴和跆拳道，小學五年級時獲得了跆拳道二段證書，早期教育的力量真偉大。我抓住那個神智慌亂的男人，和在熙分別向一一九和一一二報案。那時我實在是忍不住笑出來。

四天後，我把全部的家當裝進行李箱裡，搬進了在熙家。

也不需要什麼了不起的協議，我們只是講好我出月租三十萬韓元，以及一半的公共費用。我的物品大部分已經放在在熙家裡，十坪的單間公寓面積，兩個人住也沒有太大問題。我們都是二十多歲，還沒有談過整天黏在一起的戀愛，就這樣在不知不覺間，成為地球上最親近、最沒有顧忌的人。

在熙把芝麻葉醬菜醃得甜甜的，我也有特製辣蛤蜊義大利麵食譜。我洗碗洗得很乾淨，甚至沒有一滴積水，在熙則在清理排水管的頭髮這方面很有天賦。自從有一天看到我美味地吃著冷凍藍莓後，在熙每次到超市買菜時，都會買一包美國冷凍藍莓放在冰箱裡。為了報答她，我也總會買她喜歡的紅色萬寶路，放在冰箱裡的藍莓旁邊。在熙說拿出香菸抽的時候，嘴唇都很涼，她很喜歡。

2

在熙說要結婚的時候，我的第一句話就是，是不是闖禍了？在熙呵呵笑著說，怎麼大家說的話都一模一樣？令人驚訝的是，別說闖禍了，他們連事故現場附近都沒有去過。就那樣了。看到在熙說「就那樣了」的表情，我心想這次是真的了。

4 譯注：Membership Tranning，韓國大學生經常舉行的聯誼活動。

在熙要結婚了？

我實在無法相信，我甚至覺得不如是我找個女人結婚還實際些。因為在熙是一個與「安家落戶、穩定」相距甚遠的女人。

＊＊＊

進入二十歲中期的在熙就像參加什麼奧運會一樣，沒有一天不喝酒，像章魚觸角一樣和男人交往。我的性格也是不認輸的類型，不，其實就是那樣——每天都會在喝醉後和不同的男人睡覺。我每天早上從鍾路[5]的旅館出來時，都會感覺到世界充滿了孤獨的人這樣的真理。遇到的男人中，有一部分的人想和我進入下一個階段，不僅僅是喝酒與做愛。即使我說不要，他們仍一直說要約會或者說要來我的租屋住處，因此鬧得不可開交，但我說因為有室友在，所以不行。

—室友？

在考慮如何向彼此的伴侶說明室友一事時，我把在熙解釋為大學同學在浩，在熙則說我是她老家的朋友智恩。我們在各自的世界裡成為在浩和智恩，並且成為對彼此來說都是很好的藉口。

例如，在熙（暫時）的男朋友傳來這樣的訊息。

「在熙，昨晚為什麼把電話關機？也不看訊息。」

「別提了，凌晨因為智恩生病了，所以一起去了急診室。」（其實智恩根本好得很，甚至打呼睡得很香；而在熙和學校的男同學一起去生魚片餐廳喝了五瓶燒酒。）

「哥，週末要見面嗎？」

「對不起，我和在浩約好了一起去漢江喝啤酒。」（意思是在浩可能正忙著和男人約會，我則是會和除了你以外的其他人做愛。）

類似這樣。

在熙的第五個還是第六個男人叫作韓亮，在專科大學學習維修鍋爐設備，中途退學後輾轉在沒聽過的夜店當ＤＪ。其實我的第八個還是第九個男人也是在梨泰院從事ＤＪ工作，真是讓人懷疑，世界上怎麼會有這麼多ＤＪ，是不是應該由什麼協會之類的機構發放資格證書呢？但是我交往的那個男人不但老二很大，有很多紋身，做愛時還會放一些好聽的歌，總之我喜歡他剛剛好的愚蠢，也做一般情侶會做的事，交往得很開

5 編注：鍾路位於首爾中心地帶，有悠久歷史，首爾重要地標如東大門市場、光化門廣場、景福宮和青瓦台都位於此區。附近的街頭小吃攤有提供燒酒和辣炒海鮮等下酒菜，同志酒吧則多在鍾路三街。

心。但在交往兩個月後，他竟然跟我說，雖然很愛你，但是你發酒瘋的樣子（在街上唱歌、接吻、罵人、鬧事，最後一定會哭著結束）實在是讓我無法再愛你了。就這樣向我提出分手宣言，之後我對全部的ＤＪ產生了微妙的敵意。在熙無法了解我複雜的心情，用重新開始戀愛的人特有的歡快、富有活力的臉孔，談起自己的男朋友。

—他的頭髮很長，編得像印第安人一樣，就像洋娃娃。做愛的時候真的很好笑。

她拿照片給我看，一點都不好笑，只是眼神冰冷，讓人感覺他的個性不好，可以說長得令人看不順眼。那男人叫在熙一定要把智恩（即我）帶去夜店，想見我一面，每當這時，在熙都會果斷拒絕這個提議。

—她太害羞了。

害羞的智恩其實喜歡偷窺，經常坐在在熙和男人約會的咖啡廳裡隔壁桌，偷聽兩人的對話，或偶爾檢查男人的狀態。但是從說話到表情，無論是哪一點，都覺得這次交往的男人不太好。

—在熙，妳為什麼要跟他交往？

—這個嘛，也許是因為他對我很好吧？

—他也沒什麼特別的，是不是因為老二大，所以妳才跟他交往？

在熙帶著彷彿接受耶穌啟示的摩西表情，問我怎麼知道，我用裝模作樣的語氣對在熙說：

—那是我的通靈才能。

那個男人只是生殖器大而已，對人生沒有任何幫助，盡快斬斷關係比較好。我一說完，在熙就對我說，以後不管遇到什麼樣的男人都會先接受我的檢驗，並以狂熱信徒的表情緊握我的手。我點了點頭，擁抱了在熙可憐的靈魂。

不幸的是，我的通靈天賦從來不會出錯。

某天下課後回到家，在熙的臉孔變得蒼白，她手上拿著驗孕棒。我沒有放下書包，立刻確認了在熙手上的兩行懷孕線，不禁瞠目結舌。

—妳也真是的，不能一次只做一件事嗎？

—我完蛋了吧？

—什麼完不完蛋，趕快收一收，我們到醫院去。

—是啊，去醫院就行了，不過有一個問題。

—什麼問題？

—我一塊錢都沒有，我是窮光蛋。

—孩子是妳一個人懷的嗎？跟男人拿錢就行了。

—那才是真正的問題。

—什麼呀，妳不要每次只說一點，多說些。

—我不知道要跟誰拿錢。

聽完說明後才知道，在熙這段期間交往的ＤＪ只是做愛技術好，個性完全像臭狗屎，喝酒的習慣也跟混蛋一樣，甚至讓人誤以為那是藝術的靈魂，愚蠢到了極點，所以在熙最近決心要把他踢走。剛好那時一起打工的同事介紹了同齡的藝術學院大學生，聊過之後才知道原來他大學已經退學很久了，現在的職業是紋身師。在熙和他認識的那天，剛好我外宿，在熙在不得已（？）的情況下，把那男人拉到我們家，瘋狂地做了愛，沒戴保險套。人性就是如此，一開始會感覺很困難，一旦起了頭，就會變得很自然，所以之後在熙又進行了幾次不安全的性行為，和兩個男人都是。

—在做愛這一方面，ＤＪ更好，但紋身師長得更帥，所以苦惱了一下。

資訊化的時代，應該像其他人一樣快速地解決煩惱，但在熙卻足足花了三個月的時間，輪流與兩個男人交往，陷入了深深的苦惱之中。如果再考慮兩次，根本不知道要等到何年何月了。但我一說出意見，她乾脆裝作沒聽見。接著，她突然拿出手機，讓我看紋身師的長相。那男人和ＤＪ那個傢伙只有頭髮長度不同，兩人的容貌令人驚訝地相似，看起來就像乾癟的小魚乾，連做湯頭都不行。

—兩個人長得一模一樣，妳先把孩子生下來，然後隨便選一個人，硬說他是爸爸也可以吧？

在熙好像很傷心，不像平時的她，連我的胡言亂語都笑不出來。她只是說著一些傷心的話：早知道就應該少喝點酒……連吃飯的錢都沒有……又不能跟媽媽要，怎麼辦……我不想看到她那個樣子，所以就這樣說出口：

—算了，還是用我的錢吧。

—喂，我怎麼能用你的錢呢？

—誰說我要給妳錢，我以後會連本帶利跟妳要回來。狀況很緊急了，快拿掉吧？

—真的？除了你沒別人這麼好了，謝謝！

在熙脫下牛仔褲，換上寬鬆的裙子，開始化起妝來。因為是沒見過的口紅顏色，所以問了她口紅是從哪裡來的，她抿抿嘴唇，回答說是前幾天在現代百貨公司買的。我也不自覺地對她說，在這種情況下，妳還有心情擦口紅啊？我真是對她太好了，借她的錢可能都要不回來，還能和她聊天，我真是佩服自己的素質。我對著正在穿鞋子的在熙背影說道：

—要做手術的是妳，但真要去醫院了，為什麼是我在緊張呢？

—哪有什麼特別的，就當作是去擠青春痘吧。

—能這樣比較嗎？

雖然她是隨口冒出那句話，但我心裡踏實許多。是啊，妳自己都說沒事了，我也不用過分緊張了。平時多少有些厭煩在熙（近乎麻木不仁）的大膽性格，但這種時刻，卻覺得非常感謝。

我們去了附近的婦產科。據在熙說，那家診所的院長不親切，設備也不先進，但是為我們學校學生進行子宮頸癌預防接種，並給予百分之三十到四十的折扣，於是在熙才去那家診所。能否在那裡接受手術還是個未知數，我對在熙說，是不是應該提前在網路找好可以做手術的地方？但在熙討厭麻煩，根本不可能這樣做。她說，先接受檢查，如果不能進行手術，再去找別的地方。對於隨意處理人生重要問題這件事，沒有比在熙更好的高手了。

正如在熙所說的，醫院果然屬於老舊不堪的落後狀態。除了我們以外，沒有其他人，在熙一掛號就以驚人的速度直接進了診療室。我坐在一邊塌陷的老舊沙發上，牆面貼著寫有各種病毒的名字和由此引起的疾病，以及預防所有疾病針劑的海報，旁邊的黑板上寫著肉毒桿菌、填充物、除毛雷射等夏季特價服務的廣告語。我一一讀著這些廣告，苦惱著到底要花多少錢才能讓我糟糕的臉孔稍微好看一點，並等待著在熙。診療時間比想像中要長，坐在櫃臺前的年輕護士大打哈欠。不會今天就動手術吧？為什麼要花這麼長的時間？

我吃著放在桌上的李子味糖果，想起幾個月前去過泌尿科的情況。兩家醫院的氣氛似乎不同，但卻有些相似。

剛開始，每次小便時，尿道都有點刺痛，但不久後感覺就像是有人捏著擠出來一樣不舒服，所以決定去醫院。接受檢查時，順便帶當時正在交往的同齡工學院同學一起去車站附近的泌尿科。因為和他做過幾次，所以覺得一起接受檢查是正確的。那真不像我的作風，是個天真的判斷。

在小杯子裡小便後檢查的結果顯示，並不是其他嚴重的性病，只是尿道感染了細菌，因此發炎。我自言自語：「原來那裡也會感染細菌啊！」醫生解釋，有時大腸桿菌也會進入女性的性器官，尿道也因此感染。我也覺得好像被發現了什麼，臉稍微有點紅，關上診療室的門，走了出來。進入注射室後，褲子脫了一半，仍然處於有點害羞的心情中。透過隔板，寂靜中傳來了兩名男護士小聲說話的聲音。

—你看到他們沒有？好像是吧？

—沒錯，骯髒的糞蟲。

—幹，好噁心。

我不由得大笑起來。一起接受檢查的工學院同學沒有任何感染症狀。我把在注射室聽到的話當作玩笑告訴他，他要我把亂說話的助理護士們叫過來，準備修理他們。直到看見他那個反應後，我才明白原來這是應該發火的情況。在應該生氣的情況下，我的習慣是笑得比任何人更大聲。當時注射的肌肉針劑非常疼，一起去醫院檢查的工學院同學後來還見過幾次面，因為沒意思了，就和他斷了連絡。

我正沉浸在過往愛情的回憶時，突然聽到在熙在診療室裡大吼大叫。原本在診療室裡的護士開門出來，面帶尷尬的表情對我說：「你可能得進去一下。」進去一看，兩人似乎沒有餘力關注我。中年醫生滿臉怒氣地在在熙的眼前揮舞著小張的超音波照片。

—這是妳生命的結晶，懂了嗎？

—啊！他媽的，我真是聽不下去了。

醫生正要再說什麼的時候，在熙突然揹起背包，拿起醫生桌上的老舊子宮模型。我正想著她在搞什麼的時候，在熙就以驚人的速度衝出診療室門外。醫生從座位上站起來大喊：「喂！把它放下！」在熙卻在瞬間消失不見。我根本來不及跟著她跑掉。在熙到初中為止一直是田徑短跑選手。

我一個人站在醫院掛號處，付了診療費，價格是四萬八千九百韓元。因為覺得抱歉，所以對護士說：

—子宮模型，我會馬上拿回來。她沒有什麼毅力，跑不了多遠。

護士沒有回答，只是長嘆一口氣。

走出建築物沒幾步，就看到在熙抱著子宮模型在電線桿旁站著。她一見到我就朝我揮手，問我有沒有打火機。我從口袋裡掏出打火機，點燃了在熙嘴裡咬著的紅色萬寶路。在熙看著子宮模型說道：

—這個真是他媽的太老舊了。

—大概是大學畢業典禮那天買的，他是首爾大學一九八八年入學的。

—你怎麼知道？

—剛才閒得無聊，看了牆上的畢業證書和醫生執照。

—我下定決心了，以後我的人生當中絕對沒有首爾大學。

—首爾大學什麼的就別提了，妳到底是怎麼了？不做手術就直接出來嘛，幹嘛吵架啊？

—如果沒什麼事，我怎麼會大喊？那個人根本就是傻子啊！你聽我說。她一說自己懷孕，醫生就馬上讓在熙躺在檢查臺，進行了超音波檢查。檢查結果顯示，在熙的胎兒（那個小小的細胞）已經有八週了。

—他說，讓孩子的爸爸也進來看看吧，於是我直接回答你不是孩子的爸爸，我也不知道孩子的爸爸是誰。

—妳說謊是會死嗎？稍微敷衍一下不就行了？

—我原本就不太會說謊嘛！

在熙平時說謊就像吃飯一樣，但在真正重要的瞬間，竟然堅持毫無用處的正直性格。聽完在熙的話，醫生針對避孕和貞潔意識的重要性進行了二十多分鐘的演講。翻看病歷表後，醫生說在熙週期性地罹患膀胱炎也可能是受無節制的性關係所影響，於是開始批判她不在乎貞潔意識和被酒色左右的放浪生活。在熙看著掛在牆上的十字架，強忍著憤怒說道：

—就是因為有我這種人，所以你才能賺錢啊！

—妳的年紀跟我的女兒差不多，因為擔心妳才說這麼多。小小年紀就這樣隨便生活，以後怎麼辦？妳知道什麼對女人身體最有害嗎？放縱、不安全的性生活。知道了嗎？

—聽說懷孕和生產是最不好的。

—這是什麼話？

—我在網路看到的。聽說女人身體裡的胎兒與異物無異，說是沒有比懷孕和分娩更對身體有害的了。所以請你做手術吧。

—是誰說的？究竟是誰說的？

醫生用非常生氣的聲音，強烈批判不信任知識分子的網路文化，說是大眾無知又低劣，持續了三分鐘左右，然後拿出超音波照片，要在熙仔細看。

—妳的肚子裡已經有生命形成了，妳為什麼不知道妳的身體是這麼崇高的聖殿？

—醫生，那個什麼崇不崇高的就算了，你只要告訴我，要不要幫我做手術。

看到醫生又想強調生命的珍貴和（早已失去的）貞操的重要性，在熙終於忍不住大叫。她氣呼呼地說，好像氣還沒消下去。

—比花生還小的東西，怎麼會是生命？

—好，知道了，在熙。我都知道了，但妳也不能把子宮模型搶走啊，這個東西多重要啊！

—當然重要，所以才搶走的。

好吧，這就是平常的妳。我們哈哈大笑之後一起抽了菸，遠遠地看見婦產科護士朝我們走來。就像坐在掛號處時一樣，表情無力的護士向在熙伸出了手。

—在熙，還給我吧！

—姊姊，真的很抱歉。我也是逼不得已才這樣啊。

—我也知道院長那老頑固很煩人，但妳這樣只會讓我更辛苦。

在熙把抽到一半的菸丟到地上說道：

—知道了，我看在姊姊的面子上，就忍這麼一次。

不忍又能怎麼樣？護士抱住在熙遞過來的模型。

—不要來這裡，去誠信女子大學前面的醫院吧，那裡不僅可以做手術，服務也更好，我也在那裡看病。

—姊姊，謝謝妳！

在熙突然抱住護士，說手術結束後一起喝酒，她請客，並且要到護士的手機號碼。我在想買酒的錢會不會從天上掉下來。在熙的親和力真不是蓋的。

我們後來去了誠信女子大學前的婦產科。我在大樓粉紅色的招牌前稍微猶豫了一下，在熙看到膽怯的我，開玩笑說：

—我們像不像是什麼墮胎遠征隊？

我無精打彩地笑著，挽著在熙的手臂進了醫院。婦產科像連鎖咖啡店一樣大而乾淨，醫護人員帶著機械般的親切。雖然是下午時間，但候診室裡的患者還是很多。（當然）除了我以外都是女人，但我絲毫沒有彆扭的感覺，以光明正大的姿態和表情讀了放在沙發上的《柯夢波丹》。上面寫著健康美麗的性生活、讓異性達到高潮的祕訣等不切實際的內容。我正想著什麼時候才能改掉緊張時咬大拇指指甲的習慣時，在熙就出來了。表情非常明朗，她悄悄在我耳邊說：

—醫生說可以。

四天後，在熙接受了手術。我付了手術費，分期付款三個月，金額不到七十萬韓元。坐計程車回家後，一進房間，她就埋頭躺著，一點都不像平時的她，所以我決定煮海帶湯給她吃。這是我有生以來第一次煮海帶湯，而不是速食版。泡海帶時因為份量拿捏失敗，洗碗槽被海帶淹沒。我像抓頭髮一樣抓著一堆海帶，在空中搖晃說，妳看，我很像傻瓜吧？但在熙連頭都沒有轉向我。如果是平時，在熙一定會哈哈大笑許久。我靠在她的背上問道：

—很痛吧？

—要我詳細說明嗎？

—不用了，我趕快去煮飯。

我人生中第一個海帶湯以大慘案告終。用香油炒肉時，因為調節火候失準冒出苦味，即使倒入大量調味料，湯還是淡淡的。在熙吃了三湯匙後又躺回床上，然後發出呻吟聲說：

—香菸。

—不行啦，妳至少得休息三天。

—香菸！

我沒辦法，只好從冰箱裡拿出新的香菸。在熙咬住紅色萬寶路的黃色濾嘴，津津有味地抽著。

—終於活過來了。

過了半個月之後，在熙又重新回歸酒精中毒的世界。

＊＊＊

那天晚上，我們像往常一樣大醉後，沉沉睡去。喚醒我們的是某人的哭喊。

—出來！混蛋！

窗外傳來一陣罵人的聲音。我心想喝醉的傢伙就該趕快回家，在那裡發什麼神經，於是蒙上了被子。正想重新入睡時，突然覺得他喊的名字很熟悉，怎麼聽起來像我的名字。在熙也從睡夢中醒來，揉著眼睛說道：

—喂，是找你的，趕快出去看看吧！

打開窗戶一看，一起去泌尿科的工學院同學站在那裡。他根本不太能喝酒，卻醉成這樣，還高聲喊叫臭小子趕快滾出來。我抱著世界之大無奇不有的心情穿著拖鞋下去，他一見到我就不由分說地打了我耳光，大聲高喊說我踐踏他的真心，應該付出代價。他要向我家人透露我是同性戀，是一個像抹布一樣無法洗乾淨的爛東西。家人？什麼啊？想了好久才記起來，他好幾次都想要跟我回家，為了擺脫他，我騙他說和家人一起生活。在熙穿著睡衣出來，喃喃自語說還沒結束啊？然後放著吵架的我們不管，開始抽起菸來。工學院同學把我推開，走向在熙說，大姊，聽聽妳弟弟的所作所為吧。他向在熙說我和多少男人發生性關係，莫名其妙說出我喜歡的體位，喜歡像他一樣側腰肉多、臀部扁平的體型。看到在熙沒什麼反應，他再次抓住我的衣領，像唱饒舌歌一樣說：「你那樣醜陋地生活，最後一定會得性病死掉。」我打著哈欠說道：

—你不應該來這裡的，應該去參加「Show me the money」[6]。

男人又大聲叫嚷了幾句，然後癱坐在地上，哭了起來。

—愛情不是罪吧？

是啊，愛情不是罪，但你這樣就有罪了，甚至是大罪。拋開那些不說，我們只不過是做了幾次愛就分手了，你好像有點誇張了。在我哄著他的時候，在熙像放屁一樣噗哧噗哧地笑著，把坐在地上的男孩扶了起來。「我們兩個人再喝一杯吧。」在我沒來得

6 編注：韓國嘻哈音樂選秀節目。

及勸阻的短暫時間內，兩個人就把我排除在外，勾肩搭背邁開步伐。我本想跟著去，在熙卻要我回家待著。

後來，不到一個小時，在熙就回到家，說一切都解決了。

—妳真是天才，妳是怎麼讓他回家的？

—還能怎麼辦呢？裝作在聽他說話，灌了他很多酒，然後把他送上計程車。

在熙讓我看她用手機拍下的照片，是那個工學院同學的漢陽大學學生證和駕照，地址是開浦住宅公社公寓。

—這臭小子隱瞞自己的年紀，說是和我同年，但卻是二〇〇六年的入學生。

—如果他再來的話，我們也到他家去。

我緊緊抱住在熙，我的惡魔，我的救世主，我的在熙。

在那個年代，我們經由彼此學習了生活的各個層面。例如，在熙經由我學會同性戀者的生活有時真的很受屈辱，我則經由在熙知道了女人的生活也非常不容易。而且我們的對話總是以一個哲學性的問題結束。

—我們怎麼會變成這樣子？

—我也不知道。

在經歷這些事件的期間，系裡開始流傳我們同居、懷孕和墮胎的傳聞。因為其中沒有一句話是錯的，所以在熙和我得出結論：群體智慧的力量果然非常強大。反正進入高年級以後，大家都忙於尋找生存之路，因此傳聞對謠傳者和當事人都沒有發揮出明顯的影響力。

＊＊＊

在熙克服了特有的放蕩性情，開始管理自己的成績，每週八次的飲酒也減少到三次左右，開始了像人一樣的生活。我則是去上法文課，邊聽著老教授們談論愛情邊打瞌睡，每天晚上都在尋找可以一起做愛的人；如果失敗，就窩在房間角落，像望夫石一樣等待在熙。我經常把她買回來的美國產冷凍藍莓倒進飯碗裡吃。用手指拿起冰冷的藍莓，不知不覺間手指就會變成紫色，真的很好玩。

四年級第一學期，在熙克服人文科系女性在就業市場（公然的）不利的條件，成功進入一家大型電子公司。在熙進行新職員研修而離家一個多月的時間裡，我簡直無聊死了。因為在熙不在了，所以沒有人陪我喝酒，也沒有人陪我閒聊、陪我玩。夜晚變得太長，我開始查看通訊錄，搜尋以前交往過的男人們（這實在不像我的作風）。剛好當時工學院同學剛進入汽車製造公司，買了一輛K３（這點很重要），但每個週末都找不到開車的藉口，所以和無聊得要死的我非常合適。雖然不是一定要和他交往，但是因為坐著K３到南山塔、山井湖等地閒逛，不知不覺就變成了戀愛關係。雖然我們已經有過多次性關係，他的身體就像我的身體一樣，我的身體也像他的身體一般，沒有什麼新鮮感，但是兩人的自尊心都很低，且會週期性地產生自殺衝動，學生時期有過被霸凌的經歷，喜歡看藝術電影或書籍，厭惡村上春樹和洪尚秀[7]、法國文學和奧迪（Audi）等共同點，所以彼此都覺得相當特別。

在熙那時也沒有只顧著玩，她在新進職員研修期間釣到一個大她三歲的同事。本以為她這次也是隨便玩玩就會分手，但可能是相當認真，交往了三個月左右，那個男同事提議正式一起吃飯。

—如果只有你來，感覺會有些彆扭，把你的愛人也帶過來吧。

—他不是我的愛人。

—好啦，把那個K３帶來。

—我才不要，那多奇怪？要怎麼把他介紹給妳男朋友認識？

—別說那麼多了，直接過來吧。我請你吃好吃的。

—妳要請我吃什麼？

我們在漢南洞的高級韓國料理餐廳吃了飯，騙在熙的男朋友說我們是桌遊社團認識的朋友。他和在熙迄今交往過的男人截然不同。他沒有自稱是為了藝術，全身刺上（一年以後就會覺得丟臉）滿滿的紋身，眼神也不狡猾，看起來也不像老二很大。相反地，他有著我和在熙所沒有的穩定性，以及對人生的樂觀態度。聽到他畢業於首爾大學工學院，在半導體研究部門工作後，我把手放在桌子下面，傳訊息給在熙：

妳不是說妳的人生中沒有首爾大學嗎？

如果人生都能隨心所欲，我們會像現在一樣活著嗎？

因為說得太對了，所以我也稱讚在熙的男朋友說：哎呦，大哥，您真了不起，太帥了。我帶去的Ｋ３可能因為和在熙的男朋友同樣是工學院出身，所以看起來非常合得來，兩人就彼此任職的公司內部文化或研究領域一直討論不止。聽這兩個男人的對話，讓我感到有些無聊，於是我聊起在熙的大學生活，當然是濃縮成一般人可以容忍的底線。我記得那次四人的飯局相當融洽。

7 編注：出生於一九六〇年，韓國電影導演，是目前韓國最具實驗精神的獨立電影導演，也是韓國第一代留學導演。

3

在熙的男朋友察覺到在熙和智恩的不尋常，是在去年的夏天。

—在熙，妳的室友智恩是一隻貓嗎？

—啊？什麼意思？

—太奇怪了，為什麼她總是待在家裡？為什麼我一次也沒有見過？也沒聽過她的聲音？妳們沒有合照嗎？貓咪偶爾也會叫吧？為什麼她既沒有聲音，也沒有痕跡？

幸好之前在熙交往過的男人都是短打，事實上，只要是有正常思考能力的人，完全能夠加以懷疑。很多次說要和智恩一起吃飯，總是回答她有事或極其害羞，當然會覺得很奇怪。在熙要是擅長說謊，人生之路就會更平坦。兩人在交往一年後，第一次大吵一架。對謊言沒有天賦的在熙，編造各式各樣的理由，最終陷入困境，不得不吐露「室友智恩」是同齡男性的事實。另外，也說了他是喜歡男人的男人。

—所以他就像個女人，跟和智恩一起生活是一樣的。

—怎麼會一樣？他是個男人，這是男人和女人一起生活。

兩人如此激烈地吵架還是第一次。在熙回家後對我轉述那些話，並且低下了頭。

—真對不起，本來不是想那樣做的，但現在卻變成這個局面了。

—那妳打算怎麼辦？

我沒辦法把話說得很好聽，在熙可能沒有預料到我的反應，只是微微張著嘴低下頭。我想著自己的聲音為什麼這麼顫抖，這才意識到我是真的在發火。我和在熙也曾有犯下比這更嚴重的錯誤的時候。把喝酒後做出各種醜態的在熙拉回家的情況不計其數；在熙以為房間是廁所，直接在地板上小便之後，我把她的絲襪扔掉，用漂白水擦拭地板。在熙揉著滿是眼屎的眼睛站起來說對不起時，我總是不回答，而是拍打在熙的後背，比任何人都笑得更大聲。可是那時，我是真的非常憤怒。

這是一種遭到背叛的感覺。

這也是對他人沒有任何期待的我，平時很少感受到的情緒。

細究起來，這是一件很可笑的事。在熙只是說出事實。在此之前，我對表明自己的性傾向沒有什麼顧忌。我只要一喝酒，就會在路上和男人接吻，如果還希望我是同性戀的事實不要被傳開，未免太可笑。只是我很難接受自己的祕密成為在熙和那個男人關係的掩護藉口。不管是誰大聲渲染都沒關係，但我無論如何都無法接受在熙如此做。即使全天下的人都談論我，在熙也應該閉口不提。

因為是在熙。

我不喜歡在熙和我共有的東西、只屬於我倆的故事被別人知道。因為我相信我們兩個人的關係完全只屬於我倆，不管到什麼時候。

—以後不連絡也沒關係。

我整理好行李，直接回到位在蠶室[8]的老家。為什麼反應那麼激烈，連我自己都不知道。

此後，在熙打了幾次電話給我，我都沒有接。我也發了訊息給K3，說要重新考慮彼此的關係。他說無法理解我為何總是喜歡單獨逃離，現在真的到了分手的時刻，他每天凌晨都喝酒，然後發給我（分明是從哪裡抄來的）有關愛情的句子，但拼寫卻錯誤百出。在熙偶爾也會發訊息給我，說理解我的心情，但我不知道她到底理解了什麼。我總覺得自己日漸醜陋的內心十分可笑，經常一個人靜靜躺著，然後像放屁一樣噗哧噗哧地發笑。

＊＊＊

在老家期間，我寫了小說，成為了作家。我把在熙、我們見過的男人以及和他們經歷的戀愛史粗略地編在一起，隨便胡謅。事實上，那並不是為了給別人看，而是因為睡不著覺，覺得需要做點什麼。整晚一起吵鬧玩耍的人消失無蹤，於是想向某人吐露一些無用的話。在寫著不斷做愛的同性戀以及丟失小狗的戀人的小說時，我也沒有感受到極大的滿足感和成就感。我只是覺得自己寫的小說，與我和在熙一起度過的夜晚非常相似。沒怎麼期待的情況下，我把那兩部小說都投了出去，結果竟然得了獎。

為了告知獲獎的消息，我打電話給在熙。時隔三個月，但在熙就像三個小時前才聯絡過似的接起電話。聽到我獲獎，她突然哭了起來。妳還是沒有什麼改變啊，我懷著這樣的心情，等待在熙哭了三分鐘左右，才把評語讀給她聽。一位元老級小說家在審查評語中，針對我的作品表示：非常擔心色情主義的傾向。在熙聽了這個句子之後大笑不已。我拿出部分獎金，買了一個香奈兒包給在熙。

也是在那時，我收到了K3的訃文訊息，原因是交通事故。他如此珍惜的K3最終成為了他的棺材。聽到他去世的消息，我才意識到，我一直在幻想著和他一起眺望的漫長未來，而那永遠不會來了。他最後發給我的訊息內容是這樣的：

如果執著不是愛情，那我從來沒有愛過。

8 編注：位於江南區，首爾最大的遊樂園樂天世界和樂天世界塔、石村湖等皆位於此處。

***

葬禮結束後，我再次搬進在熙的家，延續著普通的日常生活。在熙像往常一樣在冰箱裡裝滿藍莓，我也像以前一樣買了紅色萬寶路，但她說不必買了。她說菸價上漲後，她和男朋友一起戒菸了。是啊，應該是那樣吧。我買的香菸就那樣被凍在冰箱裡。

我們的習慣依然如故，在入睡前分享一整天發生的事情。我像往常一樣談論今天的男人，在熙主要講的是自己和男朋友的關係。在熙和她男友之間，「室友智恩」成為地雷般需要避開的話題。好像只是當成沒有血緣關係的兄妹，或者得非常注意的室友而已。在熙的男朋友每次喝醉都會這樣對她說：

—妳知不知道在一般人眼裡，你們真的很奇怪。

知道又怎麼樣？我本來想看看他們兩個人能走多遠，但那男人好像比我想像中更有耐力。在熙說他的性格比之前交往過的任何男人都要穩定，總是很聽話，所以覺得很開心。

—我要他做什麼他都會做，像寵物一樣。

那男人沒有奇怪的習慣，也不像其他男人一樣厭惡在熙喝酒的習慣，反而覺得好像每天都遇到新的女人，所以很喜歡她（不會吧？）。

在熙總是沒到午夜就睡著了，不知道是不是因為工作太累，每天晚上十點多才回到家，然後就像狗屎一樣攤著。萬一我和某人關係好一點，想要外宿，她就會像媽媽一樣傳訊息給我：

這次要好好挑，別再挑個早死的人。

我會盡力的。

＊＊＊

當時，在熙的男朋友向在熙求婚，在熙答應了。交往整整三年了。我聽到這個消息時跟在熙說，我覺得那男人什麼都好，就是沒有判斷女人的眼光。在熙回答說是吧？然後補充：

—他覺得我一輩子都會讓他開心地笑，所以喜歡我。

讓他開心地笑？如果他的後腦勺不會被反打一巴掌，那就算幸運了。

聽完這句話後，我也才醒悟到，我一直覺得在熙很好笑。雖然在熙不漂亮也不善良，但確實很搞笑。

可是那個男人年紀也不大，到底為什麼要這麼執著於盡快結婚呢？因為天生就是穩定型的人嗎？聽說和他相差兩歲的親姊姊也還沒有結婚……雖然曾想過也許是因為我，生物學上的男性兼三年室友智恩的存在，讓他決定趕快結婚。但我決定不要把這種想法引導得更深入，我決定停止一切有關我的想法，因為自我意識過剩是一種病……

4

在熙宣布結婚後，一切都迅速發展。

婚禮前的三個月裡，我直接或間接目睹韓國社會男女建立家庭的過程有多麼莫名其妙，因此我不再對自己的內心連結婚都不敢預期的處境感到悲觀。當然，我也不能保證不是酸葡萄心理。

在熙似乎把所有事都交給我，對我的期望相當多。準新郎在公司的職務晉升為代理後，業務量激增而飽受折磨；（她的）丈夫不在，她總是想把我當作丈夫來使喚。我被在熙帶到婚紗店、韓服店、窗簾店等地方一起挑選物品。剛開始我只是在她後面吹口哨，到後來變得是我更加興奮，摸著布料，吵著要用這個顏色做。到這個階段為止，都還是我比較喜歡的事情，所以無所謂。但是當她要我擔任婚禮司儀的時候，我真是無語。即使我以不想牽扯到異性婚禮等理由推辭，她也不答應。

—我的婚禮，你怎麼可以缺席？

—為什麼不能缺席？我絕對不幹，絕對！而且我沒有西裝。

—我買給你，買亞曼尼的。

—我正從事反對婚姻運動，看到妳這樣子，更覺得婚姻制度應該被消滅。

—別說廢話了，幫我個忙，你不是也很喜歡表現嗎？

那是徹底的誤會，喝醉時的我和平時的我，存在很大的差距。雖然拒絕了好幾次，但還是無可奈何地被迫進行，無法拒絕在熙。好吧，我當司儀，但是婚禮程序和致詞得由在熙來寫，她對此也表示同意。

不到一個星期，在熙就買回來兩隻橋村炸雞[9]，看來是有點心虛啊。在熙將雞腿遞過來對我說：

9 編注：韓國知名的炸雞店。

—有人說由新郎的朋友擔任司儀是慣例，我男友的哥兒們中有一個人是記者，那個人要擔任司儀。真對不起！

我也沒要妳請我當司儀。一開始雖然沒想過要當婚禮司儀，但一想到是那個什麼慣例而更改的決定，心情就莫名惡劣起來，可能是新郎那邊說了些什麼。在熙說有另外為我準備工作。

—唱祝福的歌曲。

—妳瘋了？

—你就想成是寫了我的故事成為作家的代價。

—那把我買給妳的香奈兒還來。

—你不唱的話，我會對出版社提起訴訟，他們出賣了我最隱私的部分。

比起訴訟，帶著羞恥心唱歌似乎更舒服一些。最後，以接受一套亞曼尼西裝、襯衫和Gucci領帶達成協議。

在熙的新房是位於芳荑洞[10]的公寓，聽說是在熙的父母以投資為目的購買的房子。

＊＊＊

最後一天，我們從郵局買回來十個最大的箱子，然後一起從衣櫃裡拿出在熙的連衣裙和皮夾克等，整整齊齊地疊了起來。她對我說：

—唉，我以後能不能不要外遇、好好過日子？

—這個嘛……

—我不太擔心他，只擔心我自己，怕我自己把一個正常男人變成傻瓜。

—那個，在熙……其實我也很擔心。

我們一起笑著把衣服都放進箱子裡。行李比想像的要少，只用了五個箱子。她說，大件行李和冬裝等物品已經提前送到新房。這房子的合約還剩下五個月，我可以一個人住在這裡。這個房子的全租金應該很高，但從她不急著把錢拿回去的情況來看，在熙的家庭狀況好像還不錯，也讓我暗暗覺得這似乎是個微妙的婚姻。我過去認為在熙是在平凡中產階級家庭長大，這個想法開始動搖，她在成長過程中，之所以能夠把社會觀念當作一張擤鼻涕的面紙，或許正是因為……

收拾好行李後，我們鋪上被子，一起躺下敷面膜，感覺就像回到了二十歲。當時

---

10 編注：位於韓國首爾松坡區，有許多美食餐廳和二十四小時營業的酒吧。

像隻野馬一樣的在熙，不知不覺間長大了（？），到了要結婚的年紀，這實在令人不敢相信。

—妳真的有信心，結婚以後就此過著照顧公婆、生孩子、換尿布的日子嗎？

—我跟他簽了協議，決定不生孩子。公婆啊，就當是每年多為彼此的爸爸、媽媽過兩次生日吧。我們會像談戀愛一樣繼續生活。

—那就繼續談戀愛嘛，幹嘛非要結婚。

—因為他說要結婚，那就結一次看看。如果覺得不好，就結束算了。

—是啊，如果真不行，那就處理乾淨之後，再回來這裡。

—你以為我做不到啊？

不是因為做不到才走到這一步的嗎？我問她，但聽不到任何回答，傳來的是響亮的鼾聲。在熙像口頭禪一樣常說的那句「不行的話就算了」一直縈繞在我的腦海裡，平時一直讓我覺得很煩躁的這句話，此刻卻奇怪地讓我感到安心。

要結婚的是在熙，但睡不著的人卻是我。就這樣，我們的最後一夜過去了。

5

司儀點名叫我獻唱祝福婚禮的歌。

同學們一起回頭看著我，有的人笑了起來。我從擺好餐具的圓桌站起來，慢慢走向舞臺。我緊張得肩膀都僵硬了，在熙和新郎看著我微笑，數百名賓客一起望著我。我被那場面震撼住，緊緊抓著麥克風。放在樂譜架上的字跡盪漾著，為什麼我一拿起麥克風，情緒就會如此波動？成為作家後，也曾參加過幾次得拿麥克風的活動，當時我總是說很多話，或者是在不像話的瞬間流眼淚，讓所有人驚慌失措。連我都不只一次被舞臺上的自己嚇到。伴奏開始，本來想在Melon軟體購買一千韓元的背景音樂伴奏檔案，但這個價格令我有點火大，所以買了另外一個七百韓元的版本，但這個檔案連ＫＴＶ的伴奏都不如。我感覺眼淚馬上就會流出來，所以用力撐著鼻子。這樣不行，忍住，按住鼻子。我緊緊咬住顫抖的下嘴唇。在熙的賓客中，至少有三名是和在熙睡過的男人，兩個是和我睡過的男人（我有時對認為同性戀只是「少數」的人的天真感到驚訝）。在熙和她的新郎化著過厚的妝，帶著虛假的微笑看著我。

最終，我未能唱出像樣的祝福歌曲。前一段還帶著顫抖的聲音，第二段在副歌出來的瞬間，一切都爆發了。

我只唱到「請一直陪在我身邊，一定要把我的夢想託付給你。」眼淚都快要流出來了，不能再唱了。在熙，妳真的就要這麼一個人走了嗎？從伴奏一開始就已經開始笑的人們，當我放下麥克風轉過頭時，不知道是不是以為我在演戲，大家都笑爆了。在熙拖著禮服跑過來，拿起麥克風，開始唱剩下的部分。

—無論何時，我心中唯一珍視的那個人……

在熙其他方面都還不錯，唯獨歌唱得不好，再加上伴奏是男性聲調，所以聽起來更糟糕。婚禮的品質跌入谷底，甚至讓人覺得鋪著黑色地毯的飯店黯然失色。我想大哭，眼淚卻一下子就不見了。啊，在熙真的就是在熙，我哽著鼻涕，和在熙一起唱完剩下的歌曲。就算我輸給別人，也不能輸給她。我以今天的主角是我的心態，盡了最大的努力。

回到座位上，同學們都笑翻了。你什麼時候喜歡Fin.K.L[11]的？你該不是捨不得吧？大家都笑成一片。我本來想跟他們說，因為我是同性戀，所以唱Fin.K.L的歌也會哭，可以了吧？但最後終於放棄。相反地，我切了涼掉的牛排，像嚼口香糖一樣吃著。同學們看起來都有很多話要說，接下來該誰結婚了，誰生了孩子，誰升職了，誰跳槽了，就業失敗的誰繼承了父母的民宿……淨說些讓人心煩的話。聽說在熙的新婚房在松坡，你們知不知道那個公寓不久前上漲了三億？甚至有人說在熙嫁給富翁丈夫，等於是中樂透了。原本想跟他們說，公寓是在熙父母的，你們這些廢物啊，但是覺得那有什麼用，所以牛排還剩一半，我就站了起來。跟他們說要去廁所，就離開了飯店。

一回到家，我就把外套脫掉，丟在床上，連內衣都脫了，躺在床上，和在熙一起生活的時候，這是絕對做不到的事情。一個人住很涼快，真好。太陽還沒西沉，就這樣待著，感覺就像喝醉酒迎接黎明一樣。家裡都空了，本想叫男人來玩，但嫌麻煩就放棄了。看著窗外晃動的陽光，習慣性地閱讀手機上的訊息。滑過煩人的信用卡結算訊息和垃圾訊息，我讀著在熙求我原諒的訊息，然後打開Ｋ３最後發給我的訊息。

如果執著不是愛情，那我從來沒有愛過。

我把手機關上，本想洗個澡，但突然想吃冰涼的東西。打開冰箱一看，有一袋幾乎吃完的藍莓和一盒沒剝開塑膠紙的紅色萬寶路。菸盒上貼著一張罹患癌症男子的肺部照片，我看了半天。這個男人死了嗎？我從架子上取出飯碗，將藍莓袋翻過來。只有一塊紫色的冰塊掉落下來。

---

11 編注：於一九九八年出道的韓國女子流行音樂團體。

那時，我明白了，原以為會一直存在的在熙和我的歲月，永遠結束了。

總是按時買好藍莓的在熙，記得我交往過的所有男人的名字和臉孔，彷彿是我戀愛史行動硬碟的在熙，四處抽菸的在熙，只會挑選不合適的男人交往的在熙。

在熙教會了我，無論多麼美麗的歲月也不過是剎那而已，而她，現在已經不在這裡了。

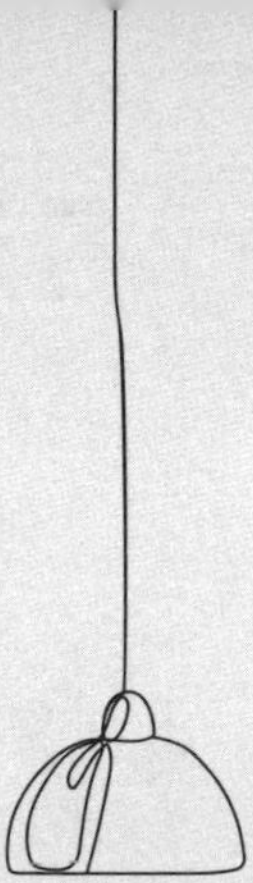

一片石斑，宇宙的味道

1

通宵寫了一些東西，不自覺地睡了個懶覺，隨便洗個臉就揹起背包。媽媽可能正強忍著煩躁，在病房裡讀聖經。吃完午飯後和媽媽一起在奧林匹克公園[12]散步，已經是很久以來的習慣。

走下樓梯時，我習慣性地瞥了一眼信箱，裡面插著文件袋。拿出來一摸，覺得相當厚實，沒有寫寄信人的名字。心裡想著是怎麼回事，拆開了信封，發黃的一疊紙露了出來。

那是五年前，我留給他的文章和日記。

我以近似裸體站在全身鏡子前的感覺，開始讀起第一章。在以黑色的筆潦草寫下的日記上，他用紅色的筆標註了修正符號，並標出不流暢的句子，也就是說，他寄來的這疊紙如同是我日記的校正稿。不是五天，而是時隔五年。我用力握住這疊紙張。對他的記憶、激烈的感情，如洪水般湧來，你竟然還記得我的地址？最後一頁不是我的日記內容，而是他潦草寫下的紙條。他的紅色筆跡，像是黏在上面的血跡。

好久不見，是我。聽說你成為作家了，恭喜你。你原本的名字裡好像有「濟」這個字吧？看來你出書的時候用了筆名。

開什麼玩笑？雖然是很久以前的事，但是畢竟交往了一年多，怎麼會連名字都記不清了？

你胖了很多，照片上沒認出來。

算了，反正也不會再見面，直接撕掉吧。

但是下一個句子……

不知道你媽媽身體好不好。那時候，真對不起，在各方面。

男人們到底為什麼總是對我說對不起呢？只要不做對不起我的事情就行了。他像往常一樣，只是單方面說出自己要說的話。

過去這段時間，好幾次都想連絡你，但是因為有事沒能連絡。時間就這樣過去了，你的電話號碼當然也換了。很抱歉，這麼突然連絡你，因為我的行程很緊，星期一就得緊急出國，會很久，說不定不會回來了。如果可以的話，這個週日，在以前約好的時間、約好的地方見吧。我有個東西，一定要交給你。

12　編注：韓國為了紀念一九八八年舉辦夏季奧林匹克運動會而建的公園，位於首爾松坡區。

紙條最後寫著電話號碼。星期天就是兩天後，這個男人真是厚臉皮，竟然還要和我見面。還說什麼有想給我的東西，我們之間要交換的也只有髒話而已。我猶豫著究竟要把文件袋丟進垃圾桶，還是珍藏在任何人都找不到的地方。最終，我還是將文件袋塞進背包。

走路時，感覺心臟跳得很快。我的身體竟然因為這件事反應如此激烈，這讓我的自尊心嚴重受創。我打開手機的筆記本軟體，然後寫下一個句子。

五年前，我曾經想讓媽媽看看這個男人。

＊＊＊

幸好媽媽還在打呼睡覺，她吃完午飯好像就睡著了。我放輕腳步走進去，坐在一旁的看護床上。

媽媽住院的時間拉長之後，病房裡的東西開始增加，例如放進冰箱裡的餐盒和水果、抽屜裡的水果刀、一袋薄荷糖、床頭櫃裡的小相框。那是十一歲的我和三十九歲的媽媽的合照，照片中，媽媽戴著學士帽，靠在身分不詳的銅像旁，我穿著牛仔吊帶褲，站在媽媽身邊，表情似乎非常不耐煩。從那張照片來看，我的眉間有很深的皺紋，不溫順的性格可能導致氣質也有點問題。照片旁放著我今年出版的兩本書，書是為了來探病的客人準備的，媽媽卻沒有讀過我的書。她不僅從未讀過我的書，甚至徹底拒絕閱讀所有我寫的文章。雖然她說是因為老花眼，字總是看不清楚，所以乾脆不看，但其實我很清楚還有其他原因。

我二十歲時曾獲得過大學校刊社主辦的文學獎。如果獲獎，大會將提供一百萬韓元的獎學金，同學正好在校刊社擔任實習記者，告訴我競爭率非常低。因為那時我的酒錢總是不夠，所以我寫了個故事，關於一位五十多歲的女性，她對於學歷有極嚴重的自卑感，在空中大學拿到兩個學士學位後，為子女的教育獻出了全部。這是當時的我所能寫出最熟悉的故事，也是我投出去的第一部小說，評價為「人物描寫突出生動」，因而獲獎。媽媽在某處（也許是在所有傳聞的源頭——教會）聽到這個消息後，找來刊載那篇當選作品的校刊閱讀，然後哭了三天三夜。「是我讓你的心那麼痛，是我那麼無情地剝削你……」她大聲痛哭，聲音甚至越過臥室的門。我跟她說：「媽媽，小說就只是小說，都是編出來的。」我尖叫著說，但她完全聽不到。從那之後，媽媽再也不看我寫的任何文章，甚至掉在地上的報告或留言也一樣。

—明熙說你的書很有趣，把你目前為止出的書都買來看。她是我們朋友當中最聰明的，淑明女子大學[13]畢業的。她說看了你的文章，覺得你真是一個善良的人。

過去三年寫的小說內容，只有喝酒偷東西、在軍隊搞同性戀非法性行為、嫖妓、外遇者的故事，她到底是看了什麼，會覺得我很善良呢？再「善良」一點的話，搞不好還會成為殺人犯。總之，應該不能小看教會的這些大嬸們。

媽媽停止打呼，坐起身，抱怨晚上睡不好。開始進行抗癌治療後，因疼痛很難入睡，所以媽媽哈欠連連。由於媽媽打呼打得太厲害，所以和媽媽同一個病房的兩名病患換了病房。無論是好是壞，她至少已經獨自使用病房近三個月。旁邊有人的時候，她總是心懷不滿，一旦旁邊沒有人了，她又說陰間使者晚上很容易把她帶走。她根本不像信奉基督教四十年的教徒，反而像一個薩滿宗教信徒一樣說出這些話，她的想法實在是豐富到令人抓狂。

—媽媽，要不要削蘋果給妳吃？

—我嘴巴好苦，你幫我剝個糖果吧！

她之前不吃甜食，但在做完癌症手術後，一直只吃薄荷糖。有的時候，她連飯都不吃，只是含著糖果，甚至還有幾次得強迫她吐出來。聽說是因為消化器官無法發揮正常功能，才會導致這種狀況。為了掩蓋病房裡病人散發的特殊濃烈氣味，我在被褥和床上噴灑成分天然的纖維除臭劑。

五個月前，聽到媽媽癌症復發的消息時，我也沒有感到驚訝。雖然沉寂了幾年，但我認為這是總有一天會發生的事情。如果悲劇和喜劇只是一直反覆發生，也不算是什麼好事，我對於這一切的模式只感到厭煩。除了葬禮之外，我幾乎經歷了癌症病患家屬所能經歷的一切。也許，現在到了要面臨從未經歷過的最後時刻也未可知。

＊＊＊

母親首次發現癌症，已經是六年前的事情了。

當時我是二十多歲的實習職員，即將進行正規職務轉換審查。十名實習生中只剩下三名，有傳聞說只有一人能轉為正式員工，而且這個名額很有可能被我這個唯一的男性擁有。我被派到調查五十多歲男女的政治傾向和健康關係的小組擔任助理研究員，當時負責電話調查的對象超過一百個人。結果，這位五十多歲、政治立場中間偏右的女性打了電話進來。我像往常一樣，兩次拒絕她的電話，但她是個不知放棄的女人，我沒有

13 編注：創建於一九〇六年，由朝鮮皇室創辦的韓國第一所女性私立大學。建立於首爾市，是韓國女性教育發源地之一。

辦法，只好瞪著眼，用公司的號碼再次打電話給她。

—您好，這裡是韓國……

媽媽用充滿歡欣的聲音喊道：

—媽媽得了癌症，子宮癌！哈利路亞！

因為太過振奮，我甚至以為她不是得了癌症，而是中了樂透。在當時的半個月前，她夢見自己的肚子裡開滿杜鵑花，因「預感不太好」，於是接受了健康檢查，被確診為子宮癌。據說她從管理人脈的角度出發，向教會人士購買的多個癌症保險中，光憑診斷費就能領到超過兩億韓元。用那筆錢，可以大致還清我們現在居住的蠶室公寓剩下的貸款。再加上實際理賠保險中的手術費、水原和安養商家[14]的租金，媽媽說我們母子光靠這些錢就能過得不錯，看來她是真心高興。媽媽說外婆、她自己、二姨都得了癌症，她也百分之百會成為癌症病患。她並提議以我的名義再簽兩個癌症保險的契約。

次長對表明辭職意向的我說道：

—你是不是考進了比我們公司更好的地方？

我原本想回答不是，其實只是媽媽得了癌症，因為沒有人看護，所以才放棄的。但是我終究沒能說出口，媽媽總是會隱瞞沒必要向他人保密的事情，理由大部分都不合常理。

與媽媽豪橫的性格不相符，她總是會在奇妙的地方感到羞恥，這次，她也對自己的病非常羞於啟齒。她向來往二十多年的顧客宣布離職，說是要去朝聖。不僅朋友，她連姨媽們也沒有告知自己罹病一事。對於我來說，雖認為生病也不是什麼了不起的噩耗，不需要做到如此地步，但還是乖乖地參與了媽媽的保密計畫。正因為如此，我含糊地笑著對次長說，辭職後要專心寫作，這是我自己一輩子夢想的事情。

—有夢想很好啊，但是你要記住一點，機會就像火車一樣，一去不復返。

火車每天每小時都會回來，我想著這到底是什麼鳥話，同時就此結束了我的第一次職場生活。半個月後，母親躺在以子宮癌治療聞名的江南某綜合醫院的手術臺上，她說自己想體驗耶穌的苦痛，要求醫護人員手術時不要麻醉。於是她不僅接受了婦產科的治療，還接受了精神科的治療（終於）！

原本從照片上推測不嚴重的癌細胞，進一步檢查，才發現情況非常嚴重。癌細胞疑似轉移到淋巴腺，肝臟的狀態也不好，有必要花時間接受多階段的治療。進行子宮摘

14　譯注：水原和安養皆為地名，位於京畿道。此處應表示母親在當地有商業店面，故有租金收入。

除手術後，雖然陸續又進行了幾次放射線治療，但母親的癌細胞並沒有完全消失，治療之路漫長而艱難。

第一次見到他，是在一個由人權團體主辦的學院所開設的人文講座上。在眾多講座中，我之所以選擇「情感哲學」，是因為當時我真的無法控制自己的情緒。不但得準備就業所需的英語考試、各種公司的面試，還得一邊照護媽媽，一邊聽從她懇切又強迫的要求，每天帶她散步一次。一整天看著身心都生病的媽媽，我感覺自己也漸漸生病了。為了從母親這一不幸的根源中擺脫出來，為了了解我每天焚燒沸騰數次的情感本質，我每週去學院上一次課。課程以哲學家史賓諾沙的《倫理學》為中心，並以羅蘭．巴特的《明室》和《戀人絮語》為副教材，將情感分解成有如奈米般微小的單位進行分析。第一堂課時，講師介紹自己是「身處民間的哲學家」，接著就如同很多講課能力不足的講師一樣，強迫學員們做自我介紹。可能是因為這是人權團體主辦的課程，十五個左右的學員中，有一半從事社會運動。他們（在誰也沒有問的情況下）表明了自己所屬的團體、所信奉的信念、性取向等，輪到我的時候，我也被非得介紹自己是「中間偏左派的男同性戀者」所困擾，終究只說出了本名，介紹自己是大學生。接下來出現趙風、詹姆斯、莎莉、老天爺、秋天的傳說……等國籍和出處不明的活動名和暱稱。就在大家快要介紹完畢的時候，一個男人推門走了進來。他的個子非常高，快要碰到天花板，所以一直彎著腰。那男人坐在我旁邊，放下包，脫掉連帽衫。他那黑色拉鍊連帽衫和太極旗過大的Eastpak背包，都像使用了超過十年般陳舊。可能是因為跑步過來，他身上散發的一股熱氣瞬間湧向我的臉。他的脖子、手腕和手指都有著長長的紋身圖騰，類似爬蟲類的尾巴，順著那些花紋往上爬，讓人好奇會出現什麼圖樣，紋身的末端會在哪裡。我打量著他全身上下，不由得大口嚥了口水。男人突然緊挨著我，我感覺自己從耳朵到腿毛都豎了起來。他對著我的耳朵輕聲說道：

—那個，對不起，我可不可以喝一口你的咖啡？

男人在聽到我的回答前，就打開了放在我面前的咖啡杯紙蓋，喝了起來。男人靠近我，動作像慢動作一樣，每一個舉動都意味深長。他不顧我的視線（可能非常火熱），咔嚓咔嚓地咬著杯底的冰塊。男人是大家輪流自我介紹順序中的最後一位，他簡單介紹自己是「創作者」，既不是作曲，也不是美術或寫作，而是「創作」，這個詞酷到讓我牙齒發涼，我一下子就感受到了某種不祥的氣息（預感總是沒錯）。

下課後，男人走過來說要請我喝咖啡，因為剛才喝掉了我的咖啡，想做為補償。他說第一次見面就喝了他人的飲料，而且未經允許，覺得很不好意思。男人的語氣和眼神，不知道怎麼說，總覺得感覺不是很好，所以我搖手拒絕，男人再三說一定要報答，所以我和他去了學院附近的星巴克，並不是因為從禮貌上無法拒絕他的懇切請求，而是因為他是我喜歡的型。低沉、清晰的聲音、凸出的眉骨、讓人摸不清頭緒的小嘴唇，好像從來沒有抹過防曬霜似的長滿黑斑的皮膚，雖然性格有些奇怪，但是因為想要盡情觀看他的臉，所以我終究還是不顧心中不祥的預感。

我和男人並排站在收銀臺前，相較之下，他比我高出一個頭左右。對個子比平均高一點的我來說，仰視某人是很罕見的事。我們並排拿著美式冰咖啡入座。他自己說要一起喝咖啡，卻只是在那兒坐著，靜靜望著天空。搞什麼呀？這個男人。如果沒有話要說，為什麼把我叫出來？最終還是我打開了話題。

—你很渴吧？

—還好是你救了我。

然後，又是一片沉默。當時我全身帶著（夢想轉為正式員工的）非正職的表演精神，（雖然沒有人要求我這麼做）先站出來說我是大學生，專攻法國文學，最近喜歡看的電視劇，興趣是讀書，參加這門課的契機是……一直說著這些無關緊要的話。他不斷打量著我，甚至到了失禮的地步，在我感到不舒服的時候，他才開口。

—你說話真好聽。

說什麼呢？這個男人。我現在很納悶，他看得出我是同性戀吧？不是嗎？還是只是說說而已？是我的妄想症作祟嗎？我的心情無緣無故感到複雜，所以閉口不再說話。兩人再次陷入沉默，直到美式咖啡露出杯底為止。尷尬的時間過去後，他突然說了這樣的話：

—我母親酒精中毒。

—啊……啊？

—所以我把母親送進了治療所，但是她逃跑了幾次，這次又進了封閉病房。

—啊……原來如此。

—雖然改變了治療方法，但也完全沒有好轉。她一直藏著酒喝，床底下有酒瓶，包裡也有。我真的快瘋了。

這個男人，為什麼對初次見面的我說這樣的話？在這種情況下，我到底應該做出什麼樣的表情？

—最近，甚至還出現了酒精性癡呆的初期症狀，所以更不知道應該怎麼對待她。因此我得到處去抓我媽媽，平均三、四天一次。

什麼呀？怎麼突然變成這樣？瘋了嗎？我突然也有一種強迫感，好像也得說出宏偉的家庭史不可。我們家就是普通的中產階級，父親像普通中產階級的家長一樣，拚命出軌，然後和媽媽離婚。母親是大韓民國中老年人死亡原因第一位的癌症病患，這應該說嗎？還是應該編造更了不起的故事？想了想，我只說了這句話：

—我媽媽也生病了，子宮癌。動完了手術，現在正住院中，我在照顧她。

—啊，原來如此。我們有很多共同點啊。

直到不自覺地公開了母親與病魔抗爭的事實，我才意識到這是我第一次向他人吐露母親的病情。男人對我說：

—你是第一次在這裡聽課吧？

—對，你怎麼知道？

—在這裡開設的人文學、哲學課程，我幾乎都聽過。如果不是第一次看見你，我怎麼可能記不得這麼可愛的臉？

還記得他說這句話時的表情，雖然看起來比任何人都從容，但是沒有自信的顫抖眼神、猶豫的嘴唇蠕動，看得出來他很緊張，我也同樣感到驚慌。即使是開玩笑，但自從開始接受正規教育後，從來沒有人對我說過「可愛」一詞。任誰看都覺得不可愛，這正是我獨特的亮點。但是，這大叔在搞什麼？感覺不太對勁，這是露骨的調情嗎？或是不自覺的攻略？不，這不可能。我家裡也有鏡子，我知道自己不是故意買咖啡好讓對方產生攻略之心的那塊料。因為太慌張，我想不起自己後來說了什麼。只是切實感受到自己在發抖，緊張到無法直視他，我竭盡全力掩飾自己的狀況。他好像是在嘲笑我一樣，用極其輕鬆的語氣說道：

—如果接下來沒什麼事的話，以後下課都一起吃飯吧。

就這樣，我們發展成下課後在學院附近閒逛，然後一起吃飯的關係。對於周圍的地理位置和商圈都十分清楚的他，向我介紹了美食餐廳（美其名是美食，其實是家常套餐店或司機們經常去用餐的老餐廳），我因為被邀請進入他隱密的日常空間，而沉浸在誇張的自滿中（雖然後來發現他只是喜歡向別人裝作自己很懂）。和他在一起的我，變成了比平時話少、飯量少的人，全心投入在觀察他的過程中。他那沒有經過修整的短髮、笑的時候從牙縫裡流出的氣息、害羞的時候只有一邊的眉毛上揚，以及發S音時漏氣的習慣等，都很快被我知悉。吃完飯後，為了跟上總是向前看、快速走路的他，我用比他短十公分的腿，努力跟上。在氣喘吁吁的狀態走到地鐵站時，突然意識到他一次也沒有回頭看我，我的內心充滿毫無緣由的絕望感。

看著他，總會覺得萬千思緒湧上心頭。我很好奇他是什麼樣的人，也想知道他對我的看法，更想知道他到底用什麼方式來攪動我的感情。我的腦海裡總是出現各種想法和情感，每秒似乎延伸出數千公尺，對於應該如何處理這些從未感受到的能量而困惑。因此，我把為上課準備的大學筆記當作日記本，開始記錄並探索他的日常生活，以及因為他而不斷產生變化的我自己的感情。隨著記錄數量的增加，我對他的了解越來越深。

他非常不願提及自己做什麼工作，但可知的是他沒有固定上下班的時間，而且幾乎不見其他人。他隨時會傳來沒什麼重點的訊息（今天是散步的好天氣），還會像老人一樣傳來一些對癌症有益的食物或提高免疫力的食品的報導。一旦開始對話後，他都會描述自己沒有什麼特別的日常生活（今天讀了康德，餵飯給野貓吃），母親酒精依賴症的治療情況（母親逃出醫院，喝酒後，與計程車司機發生爭吵），甚至每天都拍攝並傳給我沒有什麼不同的一人份食物照片（我今天吃了燉青花魚）。我也只能艱辛地回覆他這種訊息，例如：啊、嗯、真的很累吧？好好吃飯吧！之類可有可無的回答做回應。而即使是這些廢話，只要出現中斷的徵兆，他就會發來大笑的表情符號或胖貓圖案等試圖進行尷尬的對話。就這樣互相傳遞著毫無意義的消息時，我會突然像洩氣的氣球一樣，感覺所有的一切都變得毫無意義。我覺得他並不是（無論從什麼意義上）關心我，他只是個即使面對著一堵牆壁也想交談幾句那樣孤獨的人。而我，非常清楚那種孤獨的心靈溫度、氣味。

因為當時的我，正是那種人。

2

星期六下午，在療養醫院上完瑜伽治療課的媽媽催促著我，說要一起去散步。雖然散步路線和平時並無二致，但走在那條路上時，我內心的溫度和平時截然不同。他送來的一疊紙改變了我的日常生活，我就像坐上了時隔五年，再次回來的火車一樣，以秒為單位，反覆出現感情起伏。我什麼事都做不了，於是寫了封電子信件給出版社，要求將截稿日期推遲一週左右。

我和媽媽一起走向公園。從醫院過馬路之後就是奧林匹克公園，媽媽像靠著我似的抓著我的手臂，我們挽著手慢慢走過斑馬線。從遠處看，我們好似關係良好的母子。我們像往常一樣走了十分鐘左右，然後並排坐在湖前的長椅上。

聽說癌症復發的次數越多，生存率就會越低。因為所有的狀況都是第二次，所以放棄也相對容易。就算是聽到要摘除癌細胞轉移的部分肝臟和膽囊時、要再進行五次化療時、聽到生存一年以上的機率不超過百分之二十的結果時，我們母子也沒有太過驚訝。我再次辭去了工作，雖然組長說只要情況好轉，隨時都可以回來。但三十一歲的人並不會天真到完全相信這些話。

新的療養醫院距離我家步行約十五分鐘。在京畿道郊區的療養醫院住了將近半年，與媽媽關係親近的同齡肺癌病患去世後，急忙轉到了這裡。這裡與其說是療養醫院，不如說更接近安寧病房，病房和附帶設施都像飯店一樣乾淨。專業的護理人員和治療師提供全天候的護理，包括主要藥物和替代藥物。來到這裡後，我的看護負擔工作驟然減少。雖然醫療費遠遠超過我的薪水，不是符合我經濟情況的選擇，但我覺得盡最大努力讓媽媽待在最舒適的地方，才是媽媽和我度過最後時光的最佳方法。媽媽放棄了進一步的化療，認真接受了減輕疼痛的韓方替代療法、瑜伽治療、調整心靈的積極冥想法等療養醫院的項目。在這種情況下，癌細胞仍像媽媽的個性一樣，紮實地擴散到全身，疼痛的範圍和形態不斷變化。

媽媽說要去洗手間，我扶著她走進公廁的殘障人士專用空間。我讓媽媽坐在馬桶上，然後轉過頭去。最近癌細胞轉移到膀胱附近後，媽媽每次大小便都會感到疼痛。她從座位上站起來或咳嗽導致腹壓升高時，無論當時身體如何，每次都會叫我。我看著廁所的門，聽著媽媽無力的撒尿聲，雖然已經經歷過幾次，卻仍是無法適應的瞬間之一。媽媽好像覺得，人都已經快死了，有什麼好害羞，光明正大地接過我遞去的紙巾，擦拭之後，穿上內褲，然後要我趕緊把她的褲子拉上來，把她的身體扶起來。看到我緊閉雙眼，不得已才進行善後處理時，她用不滿意的聲音說：「還是生女兒比較好。」一晚了三十年才後悔，然後撇下感到無語的我，用比任何人都豪放的姿態向前走去。真令人無法置信，她剛才還是一個連大小便都無法自理的人。從洗手間出來後，走向散步的那條路時，她會發出巨大的聲音，拍著健康的掌聲，直呼空氣真是清爽。

—霧霾指數都超過一百了，清爽什麼啊？氣象報告說「非常糟」。

我確信癌細胞沒有轉移到呼吸道，媽媽看到我酸溜溜的表情，又開始發起牢騷。

—我幫你洗過尿布，把你拉拔長大，你還鬧什麼？也是，我還能指望你什麼呢？你外婆得癌症的時候也是這樣，明明是連走路都還不會的嬰兒，竟然爬過去打了躺著的老奶奶的臉，把你拉開還要爬回去打外婆的耳光，關上門也還是推開門進去。你就是那樣的孩子，從那時候開始，我就知道此生希望渺茫了。

—啊，真是的，這個事情妳到底要說到什麼時候？

—我就想講到我死為止，怎樣？

死亡卡使用一、兩次就算了，聽到幾百次同樣的話，甚至讓我產生再這樣下去我會先死掉的想法。媽媽不像等待死亡到來的人，反而用洪亮的聲音補充道：「對沒剩多少時間的媽媽好一點，都是為你著想才說這些話！」不知道是不是不想結束已經開始的嘮叨，她再次說起結婚的話題。她假裝詢問不久前結婚的在熙過得好不好，開始說誰的兒子已經有兩個孩子了，結婚前根本就是混混的孩子，結婚後在板橋[15]買了公寓，她又開始唱起每天固定唱著的歌曲。雖然是令人厭煩的嘮叨，但也沒有什麼不能理解的。她一輩子就是這樣養活我的。

在我十一歲的時候，媽媽果斷地和父親離婚。父親不僅經常出軌，還把事業搞垮。瞬間成為經濟支柱的媽媽，進入當時剛進軍韓國、人力不足的北歐系統婚姻仲介公司工作，成為婚姻仲介人。在九〇年代末以個人事業者（ＡＫＡ媒婆）盛行的結婚業界，北歐公司的先進系統掀起了不小的波動。媽媽的包裡放滿會員的檔案資料，正面記錄著會員的學歷、職業、財產、身高和體重、外貌水準（？）評分後制定的等級，背面則記錄著九種類型的人格測驗和ＭＢＴＩ等心理分析結果。這是從社會條件和個人氣質上尋找最適合伴侶的體系化系統。金融危機後，拒絕成為江南、松坡地區永遠庫存的男女們，開始正式關注結婚制度，市場也開始活躍起來。媽媽憑藉她特有的溫厚性格、直截了當的氣質和聰明伶俐的眼光，成為業界有名的婚姻仲介，不到三年就開了獨立的個人公司。此後，她為了成為業界最優秀的專家，考上空中大學的心理學系，擅自盜用以前上班的公司使用的資料卡，增加新的心理診斷項目，只是稍微改變設計和排列就開發出新的資料卡，並成立了以德國籍心理學家「Heartfield」命名的未註冊公司，印製「諮詢心理專家」這一未被公認頭銜的名片。小時候，我經常躲在工作的媽媽身後，在資料卡上畫線玩耍，結果被媽媽打後背。江南的未婚男女們在飯店吃著牛排、義大利麵，喝咖啡和紅茶的時候，我得以平穩長大。在那個時期，媽媽和我深深相信，只要我們兩個人竭盡全力，就能穩定在等級表的最上位，實現比任何人都要美好的北歐式生活。

首先踢毀那個夢想的人是我。因為在第二性徵開始後，我明白了自己是不能融入基督教家庭形態的人。還有一件事情，高中一年級時，我與比自己大兩歲的理科生接吻時被媽媽發現。地點（非常陳腐）是小公園，在路燈像聚光燈一樣照耀的鞦韆上，兩個短頭髮的男高中生正在接吻。有一位中年女性看到這個場面，正是信仰二十五年基督教的媽媽。因為現場被逮，無法辯解。母親並沒有像電視劇中的人物一樣嚇得掉落手提包、尖叫或大哭。相反地，她若無其事，真的像什麼事都沒有發生一樣，轉頭走進了公寓的玄關。

第二天，她沒有追究或訓斥我，而是讓我坐上她的紅色小車，然後把我送進京畿道楊州的一間精神病院。我想要轉身離開，她用力抓住我的手腕，以比任何人都溫暖的眼神說道：

15 編注：地名，位於韓國京畿道城南市盆唐區的新都市。

—媽媽覺得你心裡好像有很多憤怒。別擔心，媽媽不會拋下你不管。

就這樣，我住進了封閉式病房。每天上午接受包括血液檢查在內的各種檢查，每頓飯服用超過八顆藥，下午大部分的時間都接受了集中諮詢治療。由於老醫院的冷氣設施有問題，我的腹股溝、腋下經常出汗，但由於沒有體香劑或沐浴乳，所以我經常會直接聞到發自身體的味道。和我住在同一個病房的四十八歲金賢東被診斷為憤怒調節障礙和輕微的精神分裂症，醒著的時候非常喜歡自言自語，睡覺的時候打呼打得很厲害。再加上他隨時放屁，讓人懷疑是不是藥的副作用。我對環境清潔比別人敏感，這因此令我感到無比厭煩。由於紗窗太過老舊，經常有蚊子飛進來，讓我晚上睡不著覺。即使艱辛地入睡，也始終做著夢。

夢裡總是出現一個女人，把頭髮紮到頭頂，開著紅色小車。女人閉著眼睛開車，開車的速度越來越快，看起來還有很長的路要走，她太忙了。

我從睡夢中醒來，就像開了一整夜車一樣累。經過半個月的多次檢查和持續商談，醫生得出的結論只有一個，那就是我和戰爭受害者有著相同強度的心理創傷。臨床心理治療師的意見也與此相似。我十六年（亦即一輩子）來，為了滿足媽媽的個人意志，一直壓抑自己的心理慾望生活著。聽到我們母子之間發生的幾件事情後，專家得出的結論是：不是我，而是母親的治療迫在眉睫。在監護人必須到場的情況下，我好不容易，真的好不容易才逃離了那裡。回到首爾那天，媽媽在小車裡遞給我一張紙條。

《利未記》二十章。必定要處死的罪：第十三節，人若與男人苟合，像與女人一樣，他們二人行了可憎的事，總要把他們治死，罪要歸到他們身上。

—心情好點了嗎？

—不是我，是媽媽生病了。醫生說的。

回到家的時候，我和理科生所有的關係都被整理得乾乾淨淨。我用的手機被扔掉了，新買的手機通訊錄上只存了媽媽的號碼。媽媽說她都處理好了，她身上帶著社會人士處理業務的辦公態度。

媽媽在住家附近的綜合醫院接受第二次治療後，拒絕了諮詢和藥物治療，她還拒絕了醫院提出更換諮詢專家的提議。她說沒有那個必要，她已經透過罪的赦免得到救贖，因此再也沒有問題。我聽了醫生的敘述之後問媽媽：

—妳有自信，絕不後悔嗎？

媽媽面無表情地望著天空，只是瞥了我一眼，接著又補充說道：

—不要跟任何人說，這件事太丟臉了。

到底有什麼丟臉的？和大兩歲的哥哥接吻？因為這件事，暑假期間被關在精神病院裡，然後被放出來？作為瘋女人的兒子，出生十六年來一直忍受著她而活著？我分不清要保密的是什麼，所以決定把所有的事情都放在祕密的領域裡。

就這樣，以沉默的方式學習放棄和死心的我，在暑假結束後，若無其事地回到日常生活中，成為一個普通的準備大學聯考的學生。也許在別人眼中，我的人生非常平凡，但我內心卻暗藏著比任何人都要濃重的怒氣。和我睡在同一個屋簷下的那個女人，如果她老了、病了，我一定會把她扔到京畿道偏遠的樹林裡，讓她成為瘋狂野獸的食物。我反覆下定決心才堅持度過了那段時期。

這個決心並沒有被推翻。

媽媽昨晚是不是沒睡好？今天嘮叨結婚的話題時間格外漫長。她只要一抓住話題就緊咬不放的這個習慣，真會讓旁邊的人發瘋。

—你怎麼都三十多歲了，還不能帶一個女人回家來給我看看？

—因為我沒有交往的人啊！

—你上次不是說有正在交往的人嗎？

—那已經是五年前的事了，媽。現在沒有。

媽媽說的人就是他。雖然曾經在我身邊，但現在完全變成了不存在的人。媽媽怎麼會知道他時隔五年再次連絡我，怎麼會突然問起這個事情？

媽，妳不應該當媒婆的，應該當乩童，那妳就不只是買店鋪，而是買大樓了。

＊＊＊

「情感哲學」第四堂課的主題是「無限熱衷於某件事的心」。

那天他帶我去的地方是學院附近的生魚片店。他說「我請你吃生魚片，一起喝杯酒吧」。對於從不拒絕喝酒和吃魚的我來說，這是非常值得感謝的建議。我和他面對面坐著，我下定決心，在知道他的心意之前，我的激動之情絕對不能被他發現。也許他是那裡的常客，還沒點菜，比目魚、石斑魚和包括辣魚湯在內的中份套餐就端了上來。我加點了兩瓶燒酒。在他身後可以看到好幾個水族箱，可能是因為魚賣光了，空蕩蕩的水族箱裡只有氣泡不斷冒著，這個情景令人覺得非常悽慘。他用溼毛巾擦手，然後望著天空。我小心地偷看他關節粗粗的手指上的蛇尾紋身，手腕沒有多少毛，二頭肌、三頭肌適當發達的手臂、小耳垂、尖尖的耳廓和稜角分明的下巴，突然間與他的目光對視。我匆匆地轉了轉眼，問了一些不怎麼好奇的問題。

—你為什麼上那麼多哲學課？

—因為我對世界運轉的原理很感興趣。

—不愧是創作者，興趣真的非常宏大寬闊啊。

接著，陷入沉默。因為緊張又隨便說了句話，但不知語氣是否太過無禮，所以後悔不已。但是他似乎並不在意我的語氣，只是擺出一副苦惱許久的表情，小心翼翼地說出偉大的祕密。

—其實我在做哲學書。

—啊？

—我是編哲學書的出版社編輯，本來在公司上班，現在做外包工作。

—啊……原來如此。

男人擁有比想像中更正常的工作，我非常失禮地嚇了一跳。回想起來，太極旗大得誇張的背包裡總是裝著紙團、紅色、黑色的色筆以及削好的鉛筆，任誰看，都可以知道這是出版社編輯的背包。醒悟，總是很晚才到來。

—我從以前開始就對宇宙的原理很感興趣，那不是很有趣嗎？世界為什麼長成這樣？我為什麼變成這樣？在這個巨大、寬廣的世界裡，星星何其多？我的存在是多麼渺小？等等這些想法。

—是啊，人類真是渺小，無限渺小。

雖然其中最荒謬的就是他的哲學。他深深嘆了口氣，然後用真摯的聲音加了一句：

—一想到這些，就會感到無比孤獨。

在他說「無比孤獨」時，眼睛好像真的沉浸在孤獨和空虛的情緒中，我不知道要回答什麼。在他面前，我二十五年來學習的社會技能都變得異常無力，只能忙得不可開交地動筷子，戰鬥般夾著比目魚和石斑魚生魚片吃。男人把筷子放在嘴唇上，微笑地凝視這樣的我。當我想到是不是我的牙縫中塞了什麼東西，為什麼這人發瘋似地看著我發笑的時候，男人說道：

—你覺得你現在吃的是什麼？

—比目魚吧，啊，不是，是石斑魚嗎？其實我不太會區分魚類，只要是貴的都很好吃。

—說對了，也說錯了。你正在品嚐的是石斑魚，但那並不是石斑魚的味道，你現在在舌尖上縈繞的，也是宇宙的味道。

—啊？那是什麼（狗屎）意思……

—我們吃的石斑魚，我們自己，其實都是宇宙的一部分。所以，我們就是品嚐宇宙的宇宙。

—啊……

—我們都是宇宙，作為宇宙的一部分，生動地連結在一起，不覺得很神奇嗎？

聽到這裡，我總覺得這男人的眼神好像有點奇怪。他是屬於來歷不明的宗教團體的人嗎？我突然想起以前聽說過私設團體的課程或學院裡，經常會有各種不三不四的垃圾侵入的案例。我緊緊抓住背包帶，如果情況不妙，我得準備逃跑。幸好沒有會把我拉到奇怪地方的跡象，對話的主題轉移到宇宙或存在之後，我更加無話可說了。我不由自主地再次凝視男人的手指刺青，男人急忙放下袖子，試圖遮住它。當然沒有被掩蓋。

—紋身很漂亮，從第一次見到你的時候就很好奇，這是什麼圖案？

—其實是高中時騎摩托車出了事故，想要遮住疤痕的紋身。

—啊，原來如此。

—我不是玩得太兇才這樣的。

—你過去沒好好玩啊？

然後，再次陷入沉默。我難以忍受比宇宙更沉重的尷尬，不得不一個人喝光了點好的燒酒。男人可能覺得我的酒喝不夠，一直將我的杯子斟滿，他自己也喝了一口，結果我們一口生魚片，一杯酒，臉很快就紅了。男人輕聲自言自語。

—更透明的部分是比目魚。

—啊？

—兩者之中，肉質更透明的是比目魚，想起來很容易區分，更有嚼勁的是石斑魚。

—那麼從今天開始就叫我石斑魚吧，很有嚼勁。

喝醉的我真不是人，剛才說了什麼鬼話？真是瘋了。我正這樣想的時候，男人又用真摯的臉孔回答：

—不，我就叫你比目魚吧，因為能看到內在。

喝醉的男人原本就慢吞吞的語氣更慢了，變得更加可愛。我聽著男人可愛又木訥的聲音，反覆吃著不知是比目魚還是石斑魚的透明生魚片。立刻就變得醉醺醺的我，不知為何想起了媽媽。她被確診為癌症後，禁止吃生的東西，已經有近六個月沒有吃到喜歡的生魚片了。我甚至想等她手術結束、痊癒後，要跟她一起來這裡，這個想法似乎不屬於我這個不孝子的風格。我翻著已經散開的秋刀魚肉，自言自語道：

—媽媽真的很會剔魚刺……

他突然開始剔魚刺，然後把厚厚的秋刀魚肉放進我的碗裡。

—啊，我不是這個意思，啊，真對不起。

—我好像很喜歡。

—我也很喜歡，秋刀魚的味道。

—不是秋刀魚，是你這個宇宙。

熔岩覆蓋的龐貝戀人們就是這種心情嗎？無比熾熱的東西襲擊了我，世界瞬間停止了。史賓諾沙曾將感情區分為四十八種，我現在感受到的是哪一種？是慾望，還是喜悅？是驚嘆，還是驚慌？他對我的感受是什麼？是基於好奇心的蔑視？還是，他和我是同一類人？我想起在「情感哲學」課程中學到的幾個關鍵詞，努力鎮定狂跳的心臟，但卻失敗了。不知是否因為水族箱的藍色照明，他的臉孔顯得更加蒼白。當我想到他那陰鬱的面孔比任何人都顯得淒涼時，一切都已經晚了。他的臉越來越靠近我，我親吻了他的嘴唇。

他的嘴唇散發以前從未感覺過的味道，帶著腥味、富有嚼勁的石斑魚的味道。也許，那就是宇宙的味道。

那天晚上，我們一起去了他家。

＊＊＊

在熄燈的房間裡，我緊抱著他，一起躺著。

我摸著他那因為整天都戴著帽子而被壓得變形的頭髮、僵硬的脖子以及比其他地方溫度低的背部紋身。他也摟住我的肩膀，我們彼此緊緊地擁抱在一起，沒有一絲縫隙，靜靜待了一會兒。然後，我才感受到，自己的身體、胸部的形態、手臂的長度等，似乎是為了與他配合而存在的。他貼在我胸前的溫暖頭部、額頭，讓我感到就像擁抱著宇宙一樣，巨大而珍貴。因為皮膚正感受著他的體溫，以及在耳邊迴響的呼吸，不知不覺中，我忘記了自己。

我以不是我的存在，什麼都不是的情況下，瞬間成為了他這個世界的一部分。

＊＊＊

我還記得他在結束做愛後說過的話。

─史賓諾沙是得肺病死的。

─上課的時候有過這樣的內容嗎？是得了肺結核嗎？

─聽說是因為貧窮，他在做玻璃裁切的時候，因為玻璃粉塵進入肺部，所以才死的。聽說那個人在學者之間被孤立，所以連課都沒得講，只能輾轉打臨時工，結果就這樣死了。

─真的太可惜了。

─其實我也是因為這樣才做穩定的工作。因為經常看到藝術、信念毀了人類。藝術到底有多了不起，竟然會毀了人類？而且史賓諾沙並不是從事藝術，而是哲學啊！但我並沒有說出這些疑問。他用非常嚴肅的表情，滔滔不絕地講著一點都不令人好奇、不重要的事情，我假裝豎起耳朵傾聽。在這種情況下，空氣清淨機還在床頭不停地運轉，我看著機器說：

—幸好這裡的空氣很乾淨。

他的兩房住家是在半地下[16]，拉上遮光窗簾的時候，房間就像洞穴一樣黑暗。雖然空間很大，但塞滿了太多東西，因此看起來有些窒悶。巨大的書架上擺滿了不知名哲學家的全集，兩個房間裡分別擺放著空氣清淨機、除溼機、冷氣，還有人體工學椅、北歐式沙發、矮桌，還鋪著看起來像是新購買的地毯。

—感覺房子非常棒，品質很棒的東西也很多……

—其實我媽媽是黑色茉莉花[17]。

—那是什麼？

—在百貨公司裡消費很多錢就會賦予的稱號吧？就是ＶＩＰ。

—啊……是嗎？（好久沒有聽到這麼透明的自豪了）她太有福氣了。

—曾經是，但現在不是了。我上次說過吧？我媽媽是酒精中毒者，媽媽發的酒瘋就是購物，這裡各有兩臺冷氣和除溼機，書架和沙發都是媽媽喝酒後買的。

—這種喝酒的習慣好厲害啊，原來我喝醉酒大喊大叫、親吻男人只是小兒科啊。

我自認為是在開玩笑，但再次迎來比黑暗還要沉重的靜默。

—所以我家破產了。我從出生到上大學一直住在狎鷗亭洞[18]公寓，現在卻在這裡，這樣活著。

我該怎麼回答呢？我總不能說這種程度也可以了，也不是處於得了癌症會死的危機，還好你曾經住過狎鷗亭洞等等這種話。因為不能忽視人類成長的背景，所以我又像過往一樣，按照資料卡的標準計算了房子大小、狎鷗亭洞出身、自由編輯等能得多少分。結果呢？對不起，親愛的顧客，您不能加入會員。我也只是四年制大學法文系畢業的無業遊民，我們好像真的是夢幻般的淘汰組情侶，連這個都感覺像是宿命。

就這樣抱著他、聽著他的呼吸聲，我也不知不覺睡著了。我醒來的時候，他也睜開眼，翻了個身。我們也沒先說好，但總是一起改變躺臥的姿勢，望著對方的眼睛。

—哥，你早就知道我是同性戀嗎？

---

16 編注：泛指房間地面低於室外地平面的半穴居住宅，由於採光差、缺乏隱私等原因，租金價格較低。韓國的半地下室因為二〇一九年的電影《寄生上流》而廣為世界所知。

17 譯注：黑色茉莉花（JASMIN BLACK）是指韓國百貨公司的ＶＩＰ顧客，每年消費金額達一億兩千萬韓元以上可獲此頭銜，並享有各種優待。

18 編注：位於韓國首爾市江南區，狎鷗亭一帶近年已發展成首爾著名的購物區之一。

—是啊，第一眼看到你的時候，我就已經知道了。

—那你也早就知道我們會變成這樣嗎？

—嗯，那也是從一開始就知道了。

不知道他的自信到底是從哪裡來的。好像他自己是世上最有男人味和魅力的人，把我塑造成只是一個非常明顯的同性戀（雖然不知道是什麼原因，但是如果有那種東西的話），雖然這實在令人討厭得毛骨悚然，但，對於這樣的他，我無法戒掉自己的迷戀。為了了解他、了解陷入他內心的自己，為了解釋這樣的矛盾，我聆聽他的話，仔細觀察並記錄了他所做的一切。就像長久寫著學位論文的研究所學生一樣，迫切而可憐。

＊＊＊

那個夏天，我完全瘋了。不僅瘋了，還被迷住了。一到凌晨，他的電話就打來，我把在病房裡入睡的媽媽放在一邊，急忙坐上計程車。奧林匹克大路[19]上的路燈像印記一樣映照我的臉孔，我像做夢般感受到因雷射手術副作用而產生的模糊光暈，經過五百個左右的路燈，花一萬五千多韓元從計程車下來，就能看到他的家，敲著鐵門，生鏽似的鉸鏈發出聲響，然後才看到比我高十公分的他開門出來。

—來了？

真是讓人難為情的聲音。在黑暗中看到他眼睛深陷、嘴唇突出的臉龐，只覺得可愛到讓人無法忍受。我在踏入玄關之前就忍不住撫摸他的臉（雖然他不喜歡）。

那天晚上我們叫了辣雞爪，喝燒酒，兩個人連三瓶燒酒都沒喝完，他滿臉通紅，枕著我的腿躺下（我的情況則是酒沒喝夠）。他慢慢地談起自己的家庭。雖然出生於狎鷗亭洞的富裕家庭，但由於無法忍受酒精中毒的母親，父親很早就離開了家庭。姊姊很年輕的時候就與美國僑胞結婚，住在維吉尼亞州。他從大學開始一直和母親一起生活，把她送進醫院後才宣告獨立。我聽著他的故事，感受著他越來越熱的脖子和後腦勺。我也是要看護媽媽的病，所以有很多話要說。尤其是隨著年齡增長，她們的脾氣越來越暴躁，很難承受她們以秒為單位的感情起伏，這是我們的共同意見。他興奮地聊了一陣子，瞬間安靜下來，低頭一看，原來是睡著了。搞什麼呀？是洋娃娃嗎？說睡著就能睡著啊？他突然抽搐了幾下，含糊地叫著媽媽，眼角落下一滴眼淚。連說夢話都那麼迅

19 編注：沿著首爾漢江南岸的一條公路，為了一九八八年在當地舉行的夏季奧運會而興建。

速、吵鬧，這個還沒長大就開始老化的男人哭喊著媽媽的狀況，讓我覺得非常好笑。我撫摸著他的頭。

他對於談論家人、成長背景感到不舒服，但卻又很喜歡說。在談到家人時，他沉醉於自己的感情，就像成為話劇演員一樣，這有點好笑。彷彿是等價交換法則，我對於似乎必須也說說自己的故事感到不舒服，但我很喜歡了解他的生活。無數個夜晚，我都想靜靜地聆聽他的故事，我也想完美地拼湊出他這個在我腦海裡密密麻麻存在的拼圖。連那些我不知道的，他的人生、他的習慣、他的呼吸等等，我都想全部重新組合，然後成為我擁有的東西。

他不知道我如此激烈的內心苦惱，一直睡到我的腿抽筋，然後就像有人叫他的名字似的突然睜開眼睛。我對調整呼吸的他說道：

—你知道自己會流口水嗎？

他用比任何人都可愛的神情擦了擦嘴，慢慢起身，打開（也許是他母親買的）造型完美的夜燈。昏暗燈光照在他的身上，我才發現覆蓋在他身上紋身的真面目。手指尖上的尖刃不是尾巴而是根部，沿著他的四肢、胸部和背部畫著大樹。就像在《小王子》中的某頁看到的，是一棵規模可覆蓋小行星的樹。

—是巴歐巴樹嗎？《小王子》裡面的。

—不是，是生命樹。

—那是什麼？

—沒有什麼特別的意思，只是包含了我學習過的宇宙構成原理。

男人吟誦著宇宙就像一棵大樹、東西方聖樹神話組合而成的狗屎般的哲學，說著肉眼看不到的季節、死亡、再生等名詞，但在我看來，好像只是把過去的痕跡用貌似不錯的畫掩蓋起來（而且這畫其實也不怎麼樣）。他的紋身也是在大樹之間模糊地畫著鬼的形象、紅玫瑰、蓮花和龍，不管怎麼說，那一部分看起來像是更久遠、以及刺青未完成的痕跡。

—這不就是在刺青上面再畫樹木嗎？

—哇，太厲害了，你怎麼知道的？

—因為我有長眼睛……

他說明在高中時，從日本來的「認識的哥哥」（他在社會各階層都有認識的哥哥）在他身上留下了刺青紋身。因為那個哥哥被判處有期徒刑，所以紋身最終以未完成的形態留了下來，直到最近才紋好。

—最近的年輕人知道刺青嗎？我們那時候很流行。

認識的哥哥、最近的年輕人？雖然我覺得他在選擇名詞時像一個老頭子，但是聊著聊著才知道，他和我相差十二歲，K大學一九九五年入學，一九七六年生，屬龍。

雖然十二歲的年齡差距讓人感到世代差異非常自然，但喜歡他的心情絲毫沒有減少。他撫摸著我留有鬍子的下巴說：

—房間像這樣關了燈以後……

—嗯，哥哥。

—感覺宇宙只剩下我們兩個人了。

—哎呀，哥，別再說了。

在他家和他一起聊天時，經常會有一種朗讀希臘悲劇、不合理的劇集或八〇年代電影臺詞的感覺，他喜歡談論存在或宇宙哲學等主題，而且互相用敬語[20]對話，因此更是感受深刻。我並不討厭，實際上我認為我們這樣非常可愛，我真是個白癡。

太陽升起時，我和他一起打開他家大聲作響的前門，走了出去。他家隔壁那棟樓的商家裡有洗衣店，一大清早，如果洗衣店開門，他就會走在我兩步後面，如果門還關著，他就會勾著我的小指。因為喜歡牽著手走路，所以有時也故意早早出門。這樣走到大路上的我們，會在公車站並肩坐著，直到第一班車開過來為止。我上公車時，他會在我背後揮手。我總是坐在最後一排，轉過頭，隔著窗戶看他一直揮手。在四周都是打瞌睡的人中間回頭，望著他揮手的樣子漸漸變小，直到公車繞過彎道完全消失、直到我的背影從他的視野完全消失為止，他會一直向我揮手。他是第一個如此長時間凝視我背影的人。我一度陷入無論何時何地、無論我做什麼，他都會在我身後揮手的妄想之中。就這樣，我又回到了焦急的日常生活。走過剛打掃完、沒有一點灰塵的醫院走廊，降低腳步聲，清空尿桶，然後迎接媽媽用生氣的聲音說著「一夜都沒睡好」，開始了另一天。

＊＊＊

在為期十二週的學院課程結束後，我和他的關係仍持續著。雖然能見他的時間只有凌晨的幾個小時，但我的一天卻因那短暫的時間而變得完美。沒能和他見面的其餘時間，我還是想著他在哪裡、做些什麼。無論是在面對母親發脾氣、照顧起居時，或是為了寫自我介紹編造不像話的故事時，我都處於他的影響

20 編注：在韓語中是表達敬意的一種方式，表示說話對象、話中人物之間的社會階級、親疏等關係。出席社交場合時，常常使用敬語以表達適當的關係和禮貌。如果兩人年齡一樣，但在職場或在學校年資較久，除非得到前輩同意，否則後輩也仍然要使用敬語。

範圍之內。當我走在走了一萬次的街道上時，我仍然處於他的影響範圍之內。因為想用他的眼睛來觀看我的日常空間，所以我經常踮著腳尖走路，試圖用他的視線俯瞰街道。我思考著值得讓他關注的是什麼，想著能和他一起做些什麼，在極度敏感的狀態下，接受了世界上所有的刺激。而平時假裝若無其事經過GAP賣場，也是這個原因。買一送一促銷的T恤映入我的眼簾，於是我買了同樣款式的XL和XL的T恤放進包裡。想像著他光滑、冰冷的背部接觸到我買給他的T恤的瞬間，臉上不知不覺露出了微笑。

那天晚上在他家拿出T恤，他看到款式一樣但顏色不同的T恤，臉孔瞬間變得極為冰冷。

—我可能沒有辦法穿這種衣服。

—啊，在外面穿一樣的T恤可能有點不好意思吧？那就在家裡……

—那倒也是，但是上面印著星條旗。

—啊？

—映，我不穿這種圖案的衣服。我看你平時好像沒有任何警覺意識地穿著這些衣服。這些戰犯國的國旗之類的象徵，你很喜歡美國嗎？

—啊，那個，其實也沒有什麼特別的。

—你聽的音樂也是一樣。

—我只是喜歡女歌手而已，同志們不都是那樣嘛。哪有不喜歡布蘭妮和碧昂絲的同志呢？

—她們是誰？

—哇⋯⋯

他說，美國的、美帝的一切都讓他感到不舒服。

—美帝？

—對，帝國主義。

帝國主義？這個高中畢業以後第一次聽到的名詞，讓我感到不知所措。我驚慌地看著他倔強的臉，好像犯了什麼大錯似的，對於自己的T恤或帽子上印著的星條旗第一次感到羞恥。與其說是對自己的政治無知感到羞愧（因為從未感到羞愧過），不如說是因為害怕他討厭我愚蠢、沒有想法的本來面貌，害怕他再也不會看我一眼。當時的我正全神貫注想著怎樣才能讓他喜歡我，如果有必要，我甚至準備改變自己的價值觀。那天，我們第一次共度一個沒有做愛的夜晚，什麼也沒吃，對話也只是空談，沒有想到要拉近彼此之間流淌的距離感。

如果說有什麼和平時一樣，那就是直到太陽升起為止，他一直對我說明美國帶給世界的危害。在整個經濟和文化領域，美國掌握著全世界，他列舉了好萊塢電影中蘊含的霸權主義、新自由主義、文化事大主義[21]等社會教科書中出現的名詞。對於我來說，我根本不關心那些東西，我只是想抱著他，想讓他抱在懷裡，什麼都不必說。我只想集中全身心力感受他的溫度和心跳，他不知道我的心意，像畫下句點一樣，說了這樣的話：

—映，你可能無法想像，我到底在什麼樣的世界生活過。可是你也不了解我的世界啊，你根本不想知道。

這句話都已經到了喉嚨，但終究沒說出口，因為我覺得那種話對當時的我們來說，可能非常致命，只會讓他和我的距離更遙遠。

＊＊＊

在我迷戀他的這段時間，媽媽被「癌症痊癒」的目標所束縛，發揮著特有的認真態度。經歷兩次大、小手術之後，媽媽（在自己的腦海中）認為她成為全世界最優秀的癌症專家。她閱讀了市面上與癌症相關的書籍，加入網路社群，更新了與癌症相關的最新資訊，乳腺癌要找三星的哪一位醫師，子宮癌要找峨山醫院的誰，肝癌要找誰，以這種方式列出權威名醫的清單。我突然想起小時候她幫我制定入學考試課程時充滿活力的樣子，同時也想起她在看到我的大學考試成績單後，臉上出現的絕望表情。就像看到我不怎麼好的成績便立即放棄了對我的期待那樣，媽媽也乖乖地接受了癌細胞擴散到淋巴腺，需要接受額外手術的結果。她說要把一切交給上帝。

神的旨意有奇妙的地方。與以前的手術不同，第三次手術後的病後發展情況不好。膽囊堵塞，摘除部位發炎，發燒到四十度；半個月期間，她把吃進去的東西全部吐出來，體重減輕到四十五公斤。照顧媽媽的我也跟著瘦了下來，經歷了以十分鐘為單位的上吐下瀉後，我領悟到生命只是從這個病房轉移到那個病房而已。我被半強迫地留在媽媽身邊一整天，根本沒有機會和他見面。偶爾可以通話的時候，也只是忙著聽他不斷說些形而上的胡言亂語。聽到他無解的苦惱後，我甚至對他進行了精神分析，認為他的生活態度是把現實問題都推到一邊，只望著另一邊，這或許是他母親每天喝酒、買東西的怪癖導致的一種無力症。只有苦難能使人類變得成熟，我以此安慰自己可憐的現實。

21 編注：事大主義（사대주의），指的是古代朝鮮半島上的新羅、高麗和朝鮮王朝的外交政策，基於強弱力量對比情況下，小國侍奉大國以保存自身的策略。

母親似乎以稍微不同的方式接受了身體的苦難。她在額外增加的手術後，似乎罹患分離焦慮症，對我有強烈的執著心。只要一睜開眼睛就開始找我，如果我不餵她吃飯，她就不想吃任何東西。我餵媽媽吃飯、扶著媽媽排便、擦拭媽媽噴出的嘔吐物，坐在看護床上，每天寫五千到一萬字的「自我介紹」。

媽媽轉到普通病房後，僱用了看護。如果再忍受媽媽，我可能會比媽媽更早投入神的懷抱，而且最重要的是，我想撫摸他。

隔了整整半個月，再見到他的時候，我幸福得快要跳起來。就這樣，在交往六個月後，我們第一次在人潮往返的白天街道上面對面站著。白天的他，和晚上見面的時候有點不一樣。他沒有保溼的皮膚在陽光下顯得浮腫，原本以為只是修長眼睛的部分眼尾，其實是深邃的眼角皺紋，但那只是一些小問題。在人群中，他不知不覺地彎著腰、低著頭，像是捱了幾拳似的。我努力裝作沒有察覺，但可以發現他非常不習慣和我一起走路。如果說，對他的這種態度沒有任何抱怨的話，那真的就是謊話了，但這並不意味我對他的熱情有所改變或減少。反而是形態變得不同，蔓延為悲傷或憐憫之心。二十六歲的我和三十八歲的他，並排走在江南大路上，假裝偶然地碰到小指，但絕對不會轉頭看望彼此，只是用眼角互相看著對方，笑著說些無關緊要的話。就這樣，沉浸在浪漫中的那一刻，忽然有人叫住了我。他是前公司（代替我成為正式員工的）同事，我（在心裡罵髒話）高興地跟他打招呼。「過得好嗎？」「還不是一樣……」他站在我和同事的兩步後面，用運動鞋磨著地板。同事用眼角瞥向他，問他是誰，我回答說學長。同事、我和他都以多少有些不舒服的姿勢低頭後，尷尬地道別。同事離開後，我們之間瀰漫著深深的沉默。二十六歲的我和三十八歲的他，到底是什麼樣的學長、學弟？一想到這些，心情就變得相當複雜。但若想將一切複雜化，就會真的變得複雜，這就是人生，所以我決定停止思考。

還有這樣的日子。當看護來到病房，我立刻坐計程車前往奧林匹克公園。他像平時一樣戴著黑帽子和背包，但是因為手臂塗了非常厚的防曬霜，和脖子的顏色大為不同。他的臉上有著對約會的期待感，我覺得他太可愛了，令我無法忍受。平日上午，奧林匹克公園裡的人並不多，我趁著沒人看見的時候親吻了他的手背。他趕緊把手抽回去，問我在幹嘛，但看來他並不討厭，只是無法掩飾不安的神色，所以我們保持十五公分的距離，並排走著。我們一起從剛綻放的櫻花樹下走過，風一吹起，花瓣就會像雪一樣落下。人工湖很平靜，沒有霧霾，四周非常安靜，偶爾有年輕夫婦推著嬰兒車經過，或者老夫婦牽著手散步。他靠近花壇，摘下迎春花莖，插在自己襯衫的口袋。見到他做出這種家長們唯有在父母親節日時才會做的舉動，讓我非常驚訝。

—親愛的，你在幹嘛？

—我說過不要在別人面前這樣叫我。

—我對你的行為感到更丟臉。

—不要這樣黏著我，有必要到處宣揚我們是同性戀嗎？

—全宇宙都已經知道了吧？

因為這一點小事鬧情緒的我，離他大概三步左右。他走過來，悄悄地把口袋裡的迎春花插在我的耳朵上，用iPhone拍了我的照片。我假裝看照片，開玩笑地抱著他，他卻跳開來，臉上帶著真心厭惡的表情。我看著他的這種樣子，覺得傷心，又覺得他可愛，但也覺得煩躁，感情的起伏以秒為單位反覆。但是春天的奧林匹克公園卻美麗得讓人想流淚，所以我想，難道是因為天氣的原因，才會出現這些不像話的感情起伏？難道是整天只盯著病患，連我都覺得自己哪裡故障了嗎？於是我把花插在耳朵上，做著別人都會做的天真爛漫的事情。

突然，他停下了腳步。有人在遠處揮手，是一對中年男女。他們就像互相綁著對方一樣，深深地挽著手臂，幾乎像是一體似地緊貼在一起。他們走向我們這邊，高興地跟他打招呼。他滿臉驚慌，脫下帽子，鞠躬致意，我反射性地往後退。乍聽之下，像是他系裡的學長。我在他們兩步後面，用運動鞋磨著地面，望著湖水的盡頭，忍受他們無聊的談話。學生會的誰獲得進步政黨的推薦，將參加市議員選舉；誰寫了政治大眾類的書，成為政論節目的名嘴；最近我們夫妻倆養成慢跑的習慣，在讀村上春樹；你還喜歡尼采嗎？朴槿惠[22]當選總統的時候有什麼想法？老婆，我不是哭了嗎？我們從事學生運動的時候，真的、真的想像不到二〇一〇年會有這樣的世界……話說回來，最近你們同學都不聚會嗎？真不像話，身為會長的你要成為核心。老公，幹嘛啊？大家都忙著生活嘛，最近的孩子們都那樣。你還在出版社上班嗎？編忠想書？啊，是，是啊，學長。我聽到這一連串不知是對話還是責備的拷問，看到他的表情漸漸僵硬起來。突然，夫妻中的男士問起了我：

—那個，站在那裡的是……

—啊，我是學弟。

—學校學弟？那也是我們的學弟嘛，你是幾級[23]？

—（我們見過面嗎？跟我說半語[24]）不是學校，是住的地方……

—啊，原來如此，住在江南的學弟？

22 編注：出生於一九五二年，韓國第十八任總統，韓國史上首位女性總統，也是首位因彈劾下臺的總統。
23 編注：韓國以入學年份做為級別，此處即是詢問對方何年入學。
24 編注：又稱平語，在韓國是對比自己年輕或是同齡的朋友，或是在親近的關係時使用。

—啊，是……（知道我住哪裡要幹嘛？）

—你對李明博[25]、朴槿惠有什麼看法？

—又來了，真是的。你就當沒聽見好了。

—不是，怎麼了？我又不是問了不該問的問題。現在的年輕人喜歡朴槿惠嗎？

—她就只是……老一輩的人。

—老一輩……哇，很新鮮哦！

到底有什麼新鮮的？朴槿惠是過去的人，全世界的人都知道這個事實。為什麼上了年紀的老頑固們只要遇到比自己年紀小的人，就會說出自己認識的一百個人的名字，提出自己認為重要的一千個話題，並詢問對這個問題的看法呢？知道了要幹嘛呢？知道了有什麼不同？知道相似的事情、想著相似的事情，年齡差距就會縮小嗎？如果有不同的想法又如何？想著果然你的想法還是跟孩子一樣、我這一生沒有白活。難道要用一場糊塗的臉和身體來自慰嗎？男人好像察覺到我的不適，輕輕拍拍我的肩膀說道：「住在江南，所以喜歡朴槿惠。有錢的話，也有可能會這樣。」我咬著下嘴唇。「不要生氣，我們也住在前面的公寓。」不知道有什麼好笑的，這對夫妻看著彼此哈哈大笑，我有一股想把這兩個他的前輩推到湖裡的衝動。他的臉像和好的麵團一樣，變得蒼白而乾燥。

—這個時間，你怎麼會來這裡？現在不是應該在公司裡嗎？

—啊，今天有一些事情要處理。

任何人看他的臉都知道他在說謊，而且視線還左右飄移。夫妻裡的女方，眼睛瞪得圓圓地說道：

—欸，兩個男人在這裡有事情要處理？在這個花開的好日子裡？

—啊，是的，不知怎麼的就變成這樣了。

—他們倆在戀愛吧？

男人對女人輕描淡寫地說，女人忍不住笑說道：

—聽說最近不能隨便說那樣的話，老公。

—怎麼了？我贊成同性戀那個什麼……酷兒？我覺得可以接受。

—說什麼呢，那不是美帝的惡習嗎？

夫妻倆互相抓著、推著對方，哈哈大笑，我想著這到底是什麼聽不懂的鳥話？老了之後真是什麼都好笑啊，於是決定趕緊離開。

---

25 編注：出生於一九四一年，曾擔任首爾市長，南韓第十七任總統，於二〇一八年因涉嫌收賄、濫用職權、挪用公款等罪名被捕並判處十七年監禁。二〇二二年獲得特赦。

—那我們先告辭了。

—如果還沒吃飯，要不要一起去吃午飯？加上學弟的那一份，我請客。

我代替猶豫著的他回答：

—不了，我們已經吃過了。

—才十一點，已經吃過了？

—我們吃了早午餐。

我抓住他的手臂向前走去，留下那一對夫婦，他們臉上露出彷彿世界被分成兩半的表情。他也糊里糊塗地說下次再見，打完招呼後就被我拖走了。我沒走幾步，就抓住他的手臂上了計程車。

我想逃到某個地方，不知為什麼，我覺得應該去他家，只能去他最舒服的地方，雖然我也很疲憊，但他看起來比世界上任何人都累。一到家，他就把帽子摘下來，然後嘆了一口氣說：

—為什麼要那樣？

—什麼？

—到底為什麼要那樣？竟然在前輩們面前說什麼吃過早午餐？那我成了什麼？

—什麼成了什麼？不就是學弟？

他氣呼呼地，不知是不是氣還沒消。我從未見過他真正生氣，不，應該說是引起他如此嚴重的情緒起伏，這讓我覺得荒唐。我說話時，也沒有什麼好口氣。

—他們到底是誰？

—前輩，從事過學生運動的前輩。

—那也不是什麼了不起的關係，為什麼那麼緊張？隨便敷衍一下就好了。

—因為他們是前輩。

夫婦中的男方在大學時期曾擔任過學生會會長，被拘留過幾次，現在是什麼歷史團體的研究教授。女方將民主化運動的故事寫成小說，獲頒給親進步政黨文學家的獎項，成為著名作家。他還補充說他們是相當熟悉的人，也是以後要繼續見面的人。

—等一下，有必要那麼在意他們的臉色嗎？學生會會長、作家那又怎樣？只是說些高高在上的話，一開口就先把你壓扁。我站在旁邊都生氣了，你為什麼要忍受那些人？不管他們怎麼看別人，那有什麼重要？你反而應該感謝我不是嗎？還差點就要一起去吃飯？從事社會運動的人，人權意識為什麼是那個樣子？總之，那些人只是嘴上說什麼進步而已……

—那種口氣……

—什麼？

—不要用那種口氣說話。

那是他第一次對我說半語。我因為心情不好，完全閉上了嘴，然後悄悄揹起背包離開他家。我希望他挽留我，但他沒有。與其說是悲傷，不如說是生氣；與其說是生氣，不如說是絕望。也許那天是他第一次沒有送我、沒有目送我的背影離去。

兩天後的凌晨，我接到他打來的電話。他用充滿醉意的聲音對我說，現在見面吧。

—我跟喝了酒的人沒什麼好說的。

—跟我說什麼半語？

—哥哥不也一樣？

—叫你來就來。

—不要，我是召之即來，揮之即去的小狗啊？

—拜託你來啦！

我真的是小狗。當我快速奔到他的房間時，他在桌子上鋪著報紙，放上章魚、石斑和燒酒，正喝著酒。他看到我的臉時，不由分說地吻了我。他嘴裡散發酒味，我一手把他推開。

—啊，你到底在幹嘛啦？

他一言不發，默默地脫下我的衣服，一直愛撫我。我看著他像桃子一樣的腦袋，看著他那張像涼掉的餃子一樣可愛的面孔，無可奈何地擁抱了他。

做完愛後，他向我告白了自己的過去。

—我的腰其實不太好，以前我被關進監獄過。

—你是毒販嗎？

—不，我從事學生運動的時候，被抓了幾次。

他似乎逮到機會，開始談論投身學生運動的二十多歲時的年輕歲月。我聞到他嘴裡散發著帶有腥味的酒氣，蜷縮著身子聽他說話。

大學時期，他曾是文學院學生會會長。學生會長，聽到這個詞的瞬間，他的很多事都被解釋清楚了。感覺大家都在注意他，他總是只看著前方走路的習慣、過分在意他人視線的態度、安靜地保持沉默，直到最後才會發言，讓人覺得他是所有事情的決策者。他說自己是經歷「韓總聯事件」[26]的最後一個學運世代，大學畢業後還短暫參加

26　譯注：一九九六年八月十三日，延世大學親朝鮮的學生組織「韓總聯」（韓國大學總學生會聯合會），在校內舉行兩韓統一集會，被當局認定非法，派出五千名警力封鎖校園，學生則號召其他學校的同伴進入校園抵抗警察。第二天，警方派出六千名鎮暴警察及鎮暴車，發射催淚彈，以重型機具破壞延世大學校門，衝入校園，逐層逐室抓捕抗議學生。數千名學生們面對鎮暴警察，也強悍地用石塊棍棒回擊。而後南韓當局甚至派出直升機從空中噴灑催淚瓦斯，並投灑黃色顏料以識別抗議學生，進行逮捕。

過勞工運動。他說，他還積極參與了孝順、美善事件[27]示威、廢除《國家安全法》的示威[28]、反對《朝鮮日報》運動[29]等，多次進入拘留所。他補充說，被關押時，腰和脖子情況變差，至今還留下後遺症。細聽之下，知道他曾四次，總共在拘留所待了七十二個小時左右，沒有被拷打，只是躺在鋪著地板的牢房裡，然後被放出來。我懷疑，僅憑這些就得了慢性疾病是否有些牽強？是不是因為姿勢不良，長時間坐著而產生的疾病呢？我雖這麼想，但最終還是沒有說出口。

他繼續說著學生運動時期的英勇事蹟。每當從監獄出來，他就會在身體刺上新的紋身；或者得到新的領悟時就用新紋身覆蓋舊紋身。聽到這些話，我感覺就像在宇宙漂流一樣，十分驚訝。在聽他訴說英勇事蹟時，我裝作若無其事地用手機搜索了他畢業學校的學生會。有評價說，他們學生會以屬於強硬ＮＬ系統[30]的學生會而聞名。在半地下房做愛後，聽著這個前任運動圈學生會長的往日故事，我覺得自己就像在閱讀八〇年代的小說一樣，總是忍不住笑出來。

—所以我現在也只用蘋果手機，聽說美國ＣＩＡ也無法破解iPhone的密碼。

他緊緊握著比自己的手小很多的iPhone 4說道。他說，在從事學生運動時期，自己被列入警察的黑名單，通話內容被監聽，甚至被跟蹤，所以非常清楚這種情況。他說到這裡，我不禁想著，他到底在說什麼啊，也才明白他不用韓國kakaoTalk或其他國內通訊軟體，只用 iMessage 的原因。他說，在海外有伺服器的通訊軟體比較安全，接著又補充道：

—總覺得有人在監視我，所以很不安。

—最近還有這樣的人嗎？

他帶著比世界上任何人都認真的表情補充道：

—此時此刻，還是有人被竊聽，還是有因為從事社會運動而死去的人。

—嗯，我知道。現在這個瞬間也同時有人在死亡、在鬥爭。那個我知道。

但是我不確定會不會是他。不是無法相信，也不是不相信，只是不知道他是不是

---

27 譯注：二〇〇二年六月十三日，韓國中學生孝順、美善兩人被美軍裝甲車壓死。當時政府要求美軍交出凶手遭拒，凶手安然返回美國，引起群眾激憤並包圍美國大使館，傷痕延宕至今未止。

28 譯注：韓國《國家安全法》是以日本帝國主義強占時期《治安維持法》為根基，七十多年來阻止民主化運動的反民主法律。

29 譯注：朝鮮日報是一九二〇年創刊的韓國主要日報。二〇〇三年發行量達到兩百三十萬份，居韓國日報發行量之冠，爭議也極多。反對《朝鮮日報》運動的團體和學者譴責該報親日本帝國和軍事獨裁政權的立場，主張《朝鮮日報》具有親財閥傾向，進行偏差報導。

30 譯注：民族解放（National Liberation；NL）是馬克思主義理論之一，尤其是受到支持列寧等反帝國主義人士擁戴，因此成為亞洲共產主義運動或古巴革命時主要強調的理論。韓國左傾、進步的學運、工運以及政治主張人士也以此理論為基礎進行政治論述。

那麼重要的人。我不知道他過去是否真是學生會會長、從事過多麼了不起的運動，但，他現在只是個整天待在房間角落，罵著作者，修改文字錯誤的不起眼的男人而已。跟我一樣，是個普通人嘛。你好像只是一個對我來說很重要的人，所以也只能對我說這些有的沒的吧。過去出身於狎鷗亭洞，投身於學生運動，二十多歲時被竊聽，但現在你閱讀、修改死去的哲學家文章的大腦，到底又是長成什麼樣子？是不是像你後背亂七八糟的塗鴉式的刺青紋身呢？而我，又為什麼會如此喜歡這樣的你呢？雖然很想說這些話，但終究沒有說出口，只是親吻他的嘴唇。

不能再讓他說下去。

* * *

那年秋天的奧林匹克公園，前所未有地美麗。母親的抗癌治療接近尾聲，她為了加強所剩無幾的體力，逼迫自己提高食慾吃飯、強迫自己散步。即使一口一口硬塞食物，她的臉仍像骷髏一樣消瘦下去。媽媽撿起一片落葉，摸著落葉對我說道：

—最近，總是想起你讀高中的時候。

—在說什麼呢？

—不知道為什麼，總是覺得沒有好好照顧當時生病的你。

—生病的不是我，是媽媽。當時媽媽沒能照顧到的，是妳自己。

媽媽對我的話充耳不聞，逕自向花壇走去。天啊，還有這個啊？媽媽彎腰仔細看著葉牡丹[31]，長得像白菜一樣，卻綻放出紫色和紅色的花瓣，讓人覺得有點陌生。

—啊，什麼呀，長得好噁心，不要摸。

—我有好一陣子特別討厭這種花。

—是嗎？媽媽不是只要是花草，都很喜歡嗎？

—我考大學落榜後，最先看到的就是這個。確認榜單沒有我的名字，走出校門，發現路邊全是這些花。看著紫色的花，噁心得直冒冷汗，更別提有多傷心了。那時候感覺人生都結束了，但還是活到了現在。

—那時候也有葉牡丹啊。

—當然有啊，最近有的，那時候也都有。

31　編注：葉牡丹是高麗菜的改良種，葉片呈一片片如牡丹，故被稱為葉牡丹。葉片在溫度十五度以下才會由綠色逐漸變色為紅、白、黃、紫紅等色，到深冬就會如同一朵朵色彩鮮麗的花。

我想著那些任何時候都會存在的事物，扶著媽媽走回醫院。

＊＊＊

那年秋天的尾聲，他把外包稿件交給出版社後，過來和我見面。在弘大的酒吧喝酒時，小吵了一架，他說我無法節制飲酒的樣子，讓他想起某人（可能是他的媽媽）。不管說什麼，結論都會歸結到自己的學生運動時期或母親，真是令人無語。我對他說，你肯定無法忍受對話的中心不是你，而且你好像還有因母親而感到自卑的情結。對於我這些話，他回應說你也一樣。這句話沒有錯，但沒有錯的話也同樣會為彼此帶來致命的傷害，最終演變成一場大戰。當初預想和樂融融的氣氛消失無蹤，直到深夜還互相說些難聽的話。在如此傷感情的情況下，我們離開了酒吧，為了搭計程車，我們走到路上。人們臉上戴著流血的面具到處走動，有些人裝扮成超級英雄，有些人則穿著軍服扮成死去的軍人，高喊「Halloween」。我心想他媽的，心情已經很不好了，這個時候想搭計程車應該很難吧？同時，他用吃壞肚子的表情說他反對美帝的萬聖節，批判大家在不知道起源的情況下對西方節日全盤接納的態度。我因為感到厭煩，所以嘴巴閉得緊緊的。我們在看起來興奮若狂的人群中四處閃躲，這時有人抓住我的手臂。回頭一看，有個身穿殭屍服裝的男人請我幫他和朋友照相。我微笑著，拿著他的拍立得相機幫他們拍了一張裡面有殭屍、吸血鬼和神力女超人的照片。他還說要幫我們拍照，讓我們兩人並排站著。我偷偷伸手勾住看起來十分尷尬的他，照片中，我和他不自然地搭著肩膀勾著手。一照完，他趕緊遠離我一步，放下手臂。我問他是否要照片，他頑強地搖了搖頭。我把小拍立得照片深深塞進我的錢包裡。

那是我們第一次，也是最後一次一起拍的照片。

＊＊＊

那年冬天，他背後刺的生命之樹日漸枯萎，另一邊的刺青也變得更加模糊，好像是因為長胖了。他放棄了一週三次的運動，開始多負責了兩、三本外包哲學書的工作。他眉間的皺紋日漸加深，神經也變得更加敏感。從他身上開始顯現出經過人生艱難時刻的人特有的扭曲形象。我也沒什麼不同。我得了慢性鼻炎，從總共四十八家公司收到以「對不起」開頭的拒絕應聘電子信件。在醫院的看護床上小睡三、四個小時，把筆電放在膝蓋上，吸著鼻涕，再次編造不是我的自我介紹，忍受著人生，卻絲毫沒有好轉的跡象。我每天都累得筋疲力盡，二十多歲的青春黯然失色。剛開始彷彿是間諜戰的白天約會也很快就淡然了，不知不覺間，我們開始把對方當作日常的倦怠。

我還記得那倦怠的盡頭，最後走向他房間的那一天。

我們在他的房間裡叫了糖醋肉和燒酒，邊吃邊喝邊看電影。以外包工作費購買的電視正上映孤軍奮戰的東歐間諜片。我覺得這部進展緩慢的電影很無聊，他卻看得十分專心。我們繼續喝酒，我先睡著了。睜開眼睛的時候，電影已經結束，他也躺在沙發上睡覺。很久沒有看到他毫無防備倒下來的模樣。

沒事可做的我，坐在他的書桌前，打開電腦，在網路搜尋沒有意義的事物，搜尋他和我的名字，然後打開資料夾目錄。各種報導和人文學部落格的整理，沒有秩序地被儲存起來，其中有個題目中帶有「同性戀」的報導，所以我無意之間點擊了一下。

南朝鮮社會出現了越來越複雜的問題。外國勞工問題、跨國婚姻、英語萬能主義的膨脹、同性戀和變性人、留學和移民的激增、極端利己主義的蔓延、宗教的飽和狀態、外來資本的依賴性加深、西方文化的滲透等，從幾年前開始出現一些無法想像的問題。（《民族的前途》二〇〇七年三月號）

我心想這是什麼，偷偷看了他一眼。我看到他踢開被子，裸身睡著的側面。似乎有人塗鴉後就跑掉的紋身依然存在，偶爾還聽到他響起有規律的鼾聲。我又回頭看了看螢幕上的新聞。因為南朝鮮、外來資本等名詞看不太懂，所以看了好幾次。無論怎麼反覆閱讀，我還是無法理解。好像他曾在某天跟我說過類似的名詞，感覺像是把什麼黏糊糊的東西打翻了一樣。我所知道的他，究竟是什麼樣的人呢？

我把資料夾裡的幾頁內容都讀了一遍，然後關掉視窗。那些報導都對同性戀這一「疾病」或「徵兆」提出了各種說明。我把打開過的頁面紀錄全部刪除後，關掉了螢幕。不如就這樣，裝作什麼都不知道地過日子，因為我總是習慣選擇什麼都不知道。我躺在他旁邊，他的背部出現在我的眼前，像是失敗的塗鴉。我用手一一撫摸那些痕跡，感覺非常冰冷。即使拿起掉在地上的被子，蓋在我們身上，涼颼颼的心情也沒有消失。我背對著他，蜷縮身體，突然想得到道歉。誰能向我道歉？

那些到處貼著關於同性戀議題消息的傻瓜？收集這些不像話的垃圾一樣的文章，無法正確接受自己、不爭氣的他？還是明知他是個不怎麼樣的男人，卻依然喜歡上他，只是因為喜歡他而瘋狂查找他的電腦，想知道他的一切的我？也許，是所有的人。不，不是其他任何人——

而是媽媽。

我真心想得到她的道歉，哪怕只有一次，希望她能說聲對不起。應該不會發生那種事吧？想到可能永遠不會發生那樣的事情，抱著哪怕是暫時也想得到道歉的心情，忽然覺得自己也變得可笑。我很快地收拾了背包，丟下打呼睡著的他，從座位上站了起來。那天，我第一次在黎明前獨自走出他的家門，成為美帝、資本主義的產物。

＊＊＊

那時，實習過的前公司次長連絡了我。與我不同，我毫無任何發展，他卻轉眼間已經晉升為次長。他說他負責的團隊在北美地區承攬了價值一百億韓元的訂單，急需人力。雖然不能立即聘用我為正式員工，但提議能先以派遣職的形式僱用我，之後再以有經驗的職員資格正式聘僱。雖然知道未來轉成正式職員只不過是他的花言巧語，這分明是爛掉的繩子，但對我來說，即使爛掉也是迫切的。我還是對著電話低頭（雖然他根本看不見）說，以後請多多關照。

拿到第一份薪水的那天，和他走在街上，我提議去朝鮮飯店。

─飯店？我們兩個人？現在？

─不是去睡覺，我們去很棒的餐廳吧。切牛排、吃義大利麵。

—我不喜歡那些東西。

—別擔心，我請客，我不是找到工作了嗎？

他搖搖頭說不太喜歡吃肉。怎麼可能？兩個人吃烤肉都已經幾百次了，他說只喜歡烤著吃，不太喜歡牛排。於是我提議說那就吃義大利麵之類的吧，他回答想吃燉海鮮、烤扇貝或者醬蟹。

—啊，真是的，哥，你迷上海鮮了嗎？前世是鯊魚嗎？

—太奇怪了。

—什麼奇怪？

—兩個男人吃義大利麵。

那天那樣開始的吵架比想像中蔓延得還要巨大，奇怪的事真是他媽的太多了，兩個男人一起走路，地球就會分成兩半嗎？全世界的人甚至還能一起呼吸啊！既然都說出口了，我就告訴你，你在路上好像身體接觸太頻繁了。路上誰都不會在乎哥哥，你以為自己還是學生會會長嗎？別搞錯了。你太明顯地表現出自己是同性戀了……就此展開了一場浴血大戰。

—現在你是覺得我很丟臉吧？

—對，沒錯，很丟臉。不管是什麼地方都不識相地挽著手臂叫親愛的。你到底，到底有沒有想到別人也是長著眼睛的。

—我也覺得哥哥很丟臉。每天都穿著寬鬆的棉褲，全都鬆掉的T恤，破舊的背包裡，各種雜物應有盡有。就算是武裝共匪也不會這樣出門。

他停在街上，然後呆呆地站了一段時間。我看著他，他轉頭，一言不發，轉身向前走去。他以為他是誰啊？但我想要抓住他時，才發現他的背影已經完全從我的視野中消失。

我犯了大錯嗎？

那天是我第一次看到他的背影。

然後，是沉默。

我們之間，完全失去了連絡。打電話他也不接，只讀訊息，沒有回覆。在與他交往的過程中，這是第一次經歷如此徹底的冷落。我的嘴唇乾裂，心臟燒焦。我忘記了彼此間的倦怠感，再次將我日常生活的分分秒秒全部讓給了他。睜開眼睛就拿起手機，想著他會連絡我嗎，盡全力等待，即使把手機放在枕頭邊閉上眼睛，也夢見了他。只有一個問題縈繞在我的腦海裡。他是誰？我們是什麼關係？

和他交往的時間越長，越了解他的生活，就越發現他不適合我。那是當然的，他原本就不想配合我什麼，我很清楚，他只是在每天漆黑的夜晚，想要教我這個假裝天真、裝作什麼都不知道的小孩子一些東西，喜歡和我開心做愛而已。他總認為我是需要改變和教導的對象，但不幸的是，我的性格並不容易被人改變。很多夜晚，我都沉浸在那樣的思緒中，無法入睡。整整一週後，他發來了訊息。

過得好嗎？

真是簡單且若無其事的問候啊，實在令人無語。比起生氣，我更討厭自己突然高興起來的心情，卻又無法停止這種感受，眼淚汪汪。越是發現他是一個我所不知道的未知世界，我就越想了解他，想要他，想把他勒得喘不過氣來。他的世界裡彷彿沒有我也沒關係，我一定要為這樣的他，創造一個需要我的理由。我想隨心所欲地抓著他，動搖他的生命。所以我下了很大的決心，要把他，介紹給我媽媽。

對他而言，可能很難接受，但我卻以尋常、沒什麼大不了的語氣，輕鬆地說了出來。當時正喝著燒酒，吃著辣燉安康魚。他正忙著挾肉，我突然問他：

—要不要見我媽媽？

他用好像活到現在什麼鬼話都能聽到的表情問我：

—為什麼？

—就……天氣好嘛。我覺得一起去奧林匹克公園散步會很好……沒什麼特別的。

他在豆芽堆裡找了半天安康魚失敗後，說：

—好吧。

—嗯，哥。星期天一起散步吧，喝杯咖啡。

—好吧，就……好吧，我會去奧林匹克公園。

什麼嘛？太容易了吧？

＊＊＊

隨著手術日期臨近，媽媽每天都在吵吵嚷嚷說做了很糟的夢，是凶兆。又開始了，無論工作、子女教育還是什麼，她總是凡事喋喋不休。癌細胞已經全部去除，這次只不過是拿掉發炎的部位、改善血液循環的簡單手術而已，是根本想要發生任何問題都很困難的手術。我覺得現在就是機會，就是媽媽做完手術後，完全擺脫疾病，開始第二人生，充滿對人類的愛和對神的感謝，對宇宙充滿愛心的那一瞬間。

而我，卻要準備投擲炸彈了。

為了媽媽，為了我和他的未來，為了我們所有人接下來的餘生，鼓起勇氣吧。好，閉上眼睛，跳進黑暗看看吧！開門出去看看吧！

把媽媽送上開往峨山醫院的療養院車子後，我回到了病房。床頭櫃上放著一張照片，是他和我合影的拍立得照片。

我拿起照片。我的性格邋遢（皮夾也是又破舊又不停變厚），好像把照片丟在了某個地方。把照片放在床頭櫃上的人是誰？是媽媽還是看護？還是其他人？我無法猜出。不，一定是媽媽。雖然不知道照片是什麼時候掉在哪裡，但是非要在手術當天，不管是誰都能一下子發現的這種位置上，放著兩個男人肩並肩的照片後突然消失，非常符合媽媽的性格。

我記憶中的媽媽就是那樣的人，總是了解一切、觀察一切的人。

金融風暴時期，把家裡搞垮的當事人——爸爸突然消失時，媽媽也早已知道一切。兒子啊，收拾行李，我們去抓爸爸。我和媽媽坐著她那臺紅色的小車抵達仁川的一個租賃住宅區。樓梯和走廊的蜘蛛網太多，穿過蜘蛛網後，敲了三〇二號的大門。但是敲了半天也沒有反應，透過走廊的窗戶往屋裡看了半天，結果沒能找到爸爸（和他的情婦），重新坐上小車。在倒車回家的瞬間，在公寓後面的空地發現了爸爸。

—媽媽，妳看那邊。

爸爸正在和一個個子矮小的中年女人一起打羽毛球。爸爸和情婦與我想像的完全不同，兩人的臉長得很像，彼此像拼圖一般和諧。甚至，兩人此刻的臉上還流露出爸爸和媽媽一起生活時從未見過的安靜神情。如果是陌生人看到，甚至會以為媽媽和我就像是來處決善良的男女主角的惡人或債主吧。我永遠不會忘記媽媽當時看著他們的表情，似乎天地都停止運轉，是無法用四十八種情緒來解釋的某種東西。就在那時，我第一次了解到，某些感情紋理無法簡化為絕望或痛苦，那是由爸爸與他的情婦共享的那種奇怪的寂靜而生出的感情，又像是壓抑著即將沸騰或爆裂的情緒。

手術結束後，媽媽即使在腹部插上血袋和管子，還是會在凌晨五點起床，坐在床上，在床頭櫃點著蠟燭，雙手合掌祈禱三十多分鐘。雖然肚子、腿部彎折對傷口恢復沒有好處，但她還是維持著這樣的習慣。祈禱結束後，她拉開床上的餐桌，每天寫幾張聖經句子。我覺得她執拗的書寫很像求道者的苦行，對於這些不幸，她沒有哭鬧、拍打頭部、大聲喊叫，而是選擇了用Monami原子筆在筆記本上，用力寫下聖經。對於連麻醉都拒絕的媽媽來說，這似乎是一種證明生命的方式，她的書寫讓人感覺像是一種呼吸。

吸氣時寫一個字，呼氣時再寫一個字。

我覺得這彷彿和我過去經歷的渴望相似。是對於對象的渴望嗎？還是當我被對象吸引而產生的渴望？

某種程度來說，是我對自己的無限渴望。

熱愛耶穌，比任何人都熱烈投入生命的，對自己的渴望。也許我一度對他抱持的心意，那種被吸引、一刻也不能擺脫的能量也接近於宗教。全身全心地投入到黑色領域的愛情，這難道可以重複數十年？那是什麼形態的生命？

愛情真的是美麗的嗎？

有一次，她不知道自己的尿管掉了，就那樣坐著，我怒氣衝天地對她大吼大叫。我問她到底怎麼了，每天祈禱究竟有什麼用，怎麼會認為這樣做對人生有幫助？

媽媽經常使用「奇蹟」這個詞。神會將治癒的恩惠賜給用整整一千天的時間讀、寫聖經的姊妹，她說自己也會經歷這樣的奇蹟。媽媽說，那不是她自己認識的人，而是發生在執事的侄媳婦身上的事情。執事的侄媳婦身上發生的奇蹟？感覺就像巴勒斯坦和以色列的紛爭結束一樣遙遠。她還補充說，雖然自己並不希望創造奇蹟，但她想過著主耶穌認為的美好生活。在頑強的她面前，我不得不叫護士重新繫上尿管，並要求更換床單。

在那個時期，在她只剩下疼痛和病魔的生命中，除了祈禱和書寫聖經之外，其他任何事情似乎都沒有意義。實際上也沒錯，她沒有照鏡子，也沒有和任何人連絡，只是默默地寫下文字。我把這解讀為對沒能戒掉（同性戀）惡習的我的一種示威，或者是對於一直努力生活的自己降臨的病魔的抵抗，又或是對生命的熱情，總之所有的一切都混雜在一起了。我終究沒能跟媽媽說出關於他的事，或關於照片的事。我什麼話都說不出來。

＊＊＊

星期天，我連絡不上他。

電話關機，我發的訊息也沒有回。

我和媽媽兩個人，在湖邊走著。

我回頭看了好幾次，他當然沒有出現。

那天的散步時間，很短暫。

＊＊＊

三天後，他傳來了訊息。他說因為親近的哥哥發生了不好的事情，所以沒看到我的訊息。連對不起這句話，也只是像配菜一樣模糊地相伴。

不明來歷的親近哥哥？急事？

是啊，應該是吧？應該有急事吧？應該很忙吧？

我沒有對他發火，我們像以前一樣，若無其事似的繼續交談。

＊＊＊

媽媽在一年半後，終於宣布癌症完全痊癒。負責母親的醫護人員認為母親的痊癒是基於先進系統持續、適當的治療效果，我則認為是無微不至的看護力量，媽媽則認為這是神的旨意和奇蹟。

在媽媽出院的三天前，他第一次也是最後一次來我家。考慮到他不喜歡和我在外面一起用餐，我決定在我家一起吃飯。大白天，他的來訪使我興奮不已，竟然會在我成長的空間裡吃著我做的食物，想著想著就很激動。按照約定時間到達的他，安靜地脫下背包，用任誰看都像客人一樣的態度說失禮了，然後才進到家裡。他大致瞄了一下客廳，說房子真好，然後直接去我的房間，以國立圖書館管理員一樣的姿勢仔細看了書架。接著，他坐在我的床上，他竟然坐在我的床上，我高興得快要跳起來。他脫下襪子，坐在我的床上，坐在沾滿我體味的被子上。為了親吻他，我走近他。他悄悄轉過頭，指著被套說了一句，這是MICHIKO LONDON的被套。

—被子上也印著英國國旗。

—啊，是啊。

—你好像還是喜歡西方國家。

—也不盡然，我根本不知道印在那裡，反而哥哥你更執著於國旗，知道吧？

—又說這種具攻擊性的話。

—我只是說說而已。

氣氛瞬間降入冰點，我趕快離開床邊，說要去做飯。菜單是從沒和他一起吃過的義大利麵。我去廚房煮麵，切大蒜，在鍋裡倒入橄欖油和胡椒粉炒蛤蜊。不斷擦拭著額頭流下的汗水，陶醉在自己為他竭盡全力的樣子。我很高興自己親手做的食物能成為他的一部分。抱著擁有這種滿足感就已經足夠的想法，把義大利麵端上餐桌，但他一口也沒吃，只是用筷子翻動麵條，然後放下筷子，俯視了鋪在餐桌玻璃下、我小時候的照片。

—看到這張照片，就能感覺到你媽媽真的很愛你。

—是嗎？

—是的，被愛的人的臉不是有些不一樣嘛？相愛的人拍的照片也有點不一樣。所以說啊，映。

—嗯，哥。

—你也該找個好男人了。

—……你在說什麼？

—還是應該說，找個好女人呢？

就好像是說著「不要吃義大利麵了，我們去吃生魚片吧」一般輕鬆的語氣。我什麼話都沒說，只是看著他，只能眼睜睜地看著他若無其事地說出那樣的話。我喜歡的，喜歡到連自己的一切都可以放棄的他，究竟是個什麼樣的人？我真的什麼都不知道了，所以什麼都沒說，只是看著他。當時我的樣子和媽媽看著與情婦一起打羽毛球的爸爸時的樣子一樣嗎？為什麼突然，不，不是突然……難道他察覺到我看過他的電腦，翻閱了他的日常生活，挖掘出他的祕密，試圖擾亂他的生活嗎？難道沒有辦法挽回嗎？他嘆了口氣，問我：

—你覺得我們是什麼關係？

—那是什麼意思？

我抓住不回答就想站起來的他，不能就這樣讓他走，因為我不是媽媽。我緊緊抓住他的力道，和他想要甩開我的力道一樣大。他像往常一樣，用惻隱的眼神看著我。

—愛情，你不會是這麼想的吧？

我衝動地打了他一個耳光。回過神時，我已經把他壓在餐桌上掐著他的脖子。比我高十公分的他，滿臉通紅地緊抓住我的手。他充血的眼睛裡含著淚水，我眼中的淚水順著他的臉頰流了下來。我放開他，當我意識到自己做了什麼的時候，一切都已經晚了。他咳了幾聲後，就像什麼事都沒發生過，從餐桌旁站了起來，以他慣常慢吞吞的動作穿上外套，然後丟下我，揹著舊背包，走出了玄關門。我沒抓住他，相反地，當他出門時，我直接跑向陽臺，打開窗戶，看著他的背影，一看再看。我知道這真的是最後一次望著他的背影。我看著他的背影，直到他完全消失，直到成為一個點為止，我只想把他的身影嵌入我的眼睛裡。

幾天後，我去他家找他，但無論怎麼按對講機，他都沒有回答。過去始終發出類似哭聲的玄關門一直緊緊關著，沒有打開。

我把信插在他家的郵箱裡。說好聽是信，其實只不過是撕下和他交往以後寫的所有日記而已。在超過三十頁的日記中，包含著每次見到他都湧出的過剩感情。我不知道我寫了什麼，就像不知道他和我是什麼關係，也不知道我們做了什麼一樣。日記的最後一頁寫著，請重新思考我們的關係，等你跟我連絡。就像往垃圾桶裡扔垃圾一樣，我向他拋出了我赤裸裸的心。

時隔半個月，我收到他的訊息。

你要不要當作家？

對於我要求他重新思考的問題，沒有任何回答。

那個人一直到最後，真的是到最後，都只說著自己想說的話，想教育我什麼。我苦惱著該說什麼才好，最後還是把手機放了下來。我決定第一次、也是最後一次，為我自己做選擇，閉上眼睛，把他的號碼刪掉，就像在眼皮上用烙鐵烙過一樣，他的號碼清晰地浮現出來，但我想總有一天，連這個畫面也會在記憶中被抹去。

我們終究連一盤熱熱的義大利麵都沒吃。取而代之的是，我喝了農藥。我在美式冰咖啡中倒入農藥，連這咖啡對他來說也是美帝的產物（名字甚至叫美式咖啡）。我想他可能會認為這是剝削第三世界勞工的結果，因為覺得好笑，我笑了好一會兒才閉上眼睛，沒有流淚。

再次睜開眼睛時，發現我在加護病房裡。恰巧是媽媽住過的峨山醫院。洗完胃後進行洗腎時，看到媽媽站在我腳邊。那不是我所期望的臉孔，我所知道的媽媽是會在這種情況下大喊大叫、打我，或者痛哭流涕，或者開始以主為起始的禱告形式的嘆息，或者不管是什麼，她都是像晨間連續劇一樣情感爆發的人，但那天的媽媽只是靜靜地看著我，然後說道：

—別太費心了，反正人都會一死。

我想問她，這是媽媽應該說的話嗎？我想問她，這不是妳該對自己說的話嗎？難道，妳不是一直有話想問我嗎？不是一定要問的嗎？雖然想馬上問她，和她理論，但因為人工呼吸器插在喉嚨裡，我什麼話都說不出來。

* * *

有好一段時間，我都不喜歡聽見人們談論關於愛情的事。特別是談論同性戀者，無論是誰，無論是什麼內容，我都會無緣無故地產生想揍人的衝動。都是一樣的愛情，美麗的愛情，我們的愛和所有人類之間的愛沒有不同……

愛情真的美麗嗎？

對於我來說，愛情只是一剎那的狀態，在無法控制地消失之後、在脫離對象時，變質為最醜惡的事物。往返於加護病房和一般病房之間，我領悟到這個令人不舒服的真相。

3

和他分手以後，整整過了五年。三十一歲的我看起來就像實際年齡一樣，年紀大了，成為了作家，再也不記得他的電話號碼。事實上，我發生了很多事情，多到讓我無法記住日常生活中的瑣事。

又到了星期天，我想起他的字條，削著無農藥蘋果。在我面前，一個體重四十五公斤的中年女性正在抄寫《哥林多前書》第三章第二節。我把一片蘋果遞給媽媽，她不想吃，把頭轉了過去。

—我不是說過討厭蘋果嗎？吃了胃疼。

—胃本來就是又酸又苦的，快點吃，肝才會長出來。

—老了，肝也不容易長出來了。

—好吧，妳為什麼不去做醫生，做牧師，都去做吧。

媽媽、我和醫生，我們都知道媽媽沒有多少時間了。媽媽說不想吃蘋果，想去看看湖。本來還想要不要推輪椅去，但是媽媽生氣了，所以放棄。

真正開始散步還不到十分鐘，媽媽就累壞了。剛才還豪氣十足，不知道那股豪氣去了哪裡，只是喊著要坐一下。我們像往常一樣坐在湖前的長椅上，媽媽深呼吸，把手放在我的大腿上，「我的兒子長大了。」我看著媽媽的手，因為打了很多針而導致血管突出，皮膚乾得像瓦楞紙。我覺得媽媽的一切都像落葉一樣沙沙作響。媽媽從口袋裡掏出一張紙條。

就像你期待著你自己一樣，主也期待著你。

媽媽完全不給我任何可憐她的機會，簡直太有才華了。

在繞著湖散步的過程中，我一直觀察著周圍。每當媽媽在座位停下來喘口氣時，我都會不由自主地回頭看，仔細打量路人的臉孔。我對散步時一直如此的自己感到寒心、可笑。後來想想，如果他真的出現，又該怎麼辦？要裝作若無其事地介紹給媽媽嗎？應該說「很高興見到你」嗎？還是裝作不認識，擦身而過？其實這些都是無謂的煩惱，如果散步的路上站著一個一百九十公分左右的男子，絕對不可能錯過。

成為作家後，換了手機號碼。並不是因為有什麼了不起的決心，只是希望改變自己之前的生活而已。按了幾次，浮現的只是一個陌生的號碼。如果說想不起他，那實在是謊話。他的號碼有01081，後幾碼早已從記憶中淡出，但我一直覺得我完全輸了，甚至，忘卻對我來說，也彷彿不是自然，而是強迫自己去遺忘。這段時間，我到底在期待什麼、等待什麼、夢想著什麼？

我和媽媽坐在草坪中的長椅上，長椅上聚集了一塊塊奇形怪狀的碎片。那是五年前和他約好見面的場所——雕塑公園。越是不去想，越對後方感到好奇。一回頭，感覺他隨時都會站在那裡。為什麼像個傻瓜一樣，連我自己都無法理解。這時，突然想起肩上的包裡有厚厚的信封，感覺那不像紙團，而是像磚頭或啞鈴一樣沉重。

和他分手後，我也和很多男人交往過。細雨淋溼柏油路的愛情、熾熱的愛情、一夜之間消失的急切愛情……雖然遇到了很多種感情，但我發誓，沒有遇過比他更讓我投入的對象。即使遇到比他更好的人，以客觀的標準比他更優秀的人，也只能一直發展著平淡的關係。直到很久以後，我才知道，他拿走了我最熾熱的碎片，這導致我的某些部分被完全改變。

媽媽突然從長椅站起來，慢慢爬上山坡，我也跟著媽媽。走到低矮山坡頂端的媽媽，癱坐在草坪上。晚秋的奧林匹克公園，枯葉的清香氣味似乎傳到我的鼻中。我也放下背包，枕著媽媽瘦削的大腿躺下，感覺好像又成為了當年那個十歲的小男孩。

—媽媽，為什麼直接坐在地上？媽媽不是說坐在草地上會得流行性出血熱嗎？

—什麼時候？

—我十一歲的時候，媽媽第二次參加空中大學畢業典禮那天。媽媽在這裡戴著學士帽說，如果皮膚接觸草皮，就會患上全身孔洞出血的疾病，因為老鼠屎上有很多病菌。

—你看你，又來了，我什麼時候說過那麼過分的話？

—是真的，媽媽不是記不清了嘛，我都記得。聽妳那樣說之後，我一直特別害怕草皮。為了不碰到草，總是往人行道地磚方向走。

—真的嗎？我也真是的，對孩子說了什麼啊。

晚霞開始浮現，我們母子倆一言不發地坐在草地上，看了好一會兒。媽媽目不轉睛地盯著太陽說：

—真是漂亮啊，落幕的事物。

—是嗎？

—兒子，我以前以為我是很瀟灑的人。

—突然說這個做什麼呢？

—我不是說過，從以前開始，我就有點像男人，以為自己膽子大，絕不後悔，但生下你之後，就知道不是了。你小時候，抱著你的時候，就像錢包變厚一樣，覺得肚子很飽，很幸福。所以總是很害怕，怕你受傷、破碎或消失。

—在說什麼啊？

—是在你上幼兒園的時候嗎？有一次，我以為你不見了。你上完幼兒園好半天還沒回家，打電話去幼兒園，他們說你根本沒有去坐幼兒園的巴士。他們說，你說要去朋友家。我都快瘋了，只隨便穿了一雙鞋就跑出來，從幼兒園開始一路慌慌張張地找你，遠遠才看到了你的背影。我悄悄跟在你後面。我看你走兩步就停下來，所以好奇地跟著，想看你在幹什麼，結果，我發現你站在街上的每一間商店前面，一一觀察，有時還摸摸看，臉上充滿好奇。我在後面看著你那個樣子，不是生氣，而是一下子就害怕了。我覺得你不再是我熟知的孩子了。看著你想看的東西，以你的速度走在你想走的路上，擁有屬於你自己的世界，我感到非常遺憾和害怕。

—也許從那時候開始，我就很散漫了。

—所以，我好像才會常常故意刁難你，因為，我很害怕，我想把你留在我狹窄的懷裡。

媽媽摸著已經被切掉一半的肝臟部位，笑了起來，實際上，真的是久違的微笑。

媽媽癌症復發後，我經常夢見媽媽死去。在夢裡，媽媽的車不再是那輛紅色小車，而是美國產的 Volvo，世界上最安全的車。與現實不同的不僅僅是汽車，媽媽也沒有像現在這樣快要死去的樣子，而是像四十多歲活潑、熱情的女子。媽媽開著美國產Volvo衝向懸崖，最後汽車墜入懸崖並瓦解了。媽媽的手腕從破裂的車身中露出來，引擎開始起火，猛獸們圍著燃燒的汽車，就像要吃烤肉一樣。車裡冒著黑煙，她身上瞬間長出東西來。長得像青黴菌的葉牡丹，它們瞬間蔓延，覆蓋了媽媽的身體，最終掩蓋了一切。站在懸崖上，看著這些景象，我想到了什麼？是哭了？還是笑了？還是什麼感覺都沒有？

流著冷汗，從睡夢中醒來，毫無意外地，都是凌晨五點。我坐在跟我身體比起來無限窄小的媽媽的書桌前，彎著腰，開始寫作。像指尖綁了線一樣，像沒有大腦一樣，思緒亂跑，我只是不停把思緒寫下來。直到聞到燒焦的味道，那些像紅色小車一樣不知盡頭、胡亂延伸的文字，就會戛然停止。

一想到我的寫作對她來說意味著什麼，就會像眺望懸崖下方一樣，陷入茫然的心情之中。我已經三十一歲了，成年已經十多年了，她不再是拖累我人生的存在，我已經成長到比任何人都認真過著自己生活的年紀。她只是為她自己而存在，沒有束縛我的意圖，我也只是為了自己的存在而竭盡全力。從這一點來看，我們其實是相同的人，只是運氣不好而已。因此，我們變成這樣，並不是我們的錯，而是像癌症、黴菌一樣，像地球的自轉或太陽的黑子一樣，是非常自然的宇宙現象。這些我都知道，但我總覺得她是我所有問題的原因。面對只剩下皮囊、快要死去的人，我雖然討厭有這種想法，但還是無法停止。擔心全身流血死去的十一歲的我，靠著寫媽媽的故事賺錢的二十歲的我，還有如今鞭策自己進入一種報復性仇恨的狂熱中、去寫那些對我如此友善的人的故事、寫給那些不認識我的陌生人們看的文字、三十一歲的我，所有這些版本的我，今天這一瞬間，坐在媽媽身後。

母親望著夕陽的背影，看上去和從前健康、美麗的樣子沒什麼兩樣。看著媽媽的背影，突然想到媽媽可能已經讀完了之前我發表的小說和文章。但即便如此，一切也沒有什麼改變。媽媽用傷感的聲音說：

—以前抱著你，就像擁有了全世界一樣。

疾病可以改變整個人。比任何人都強壯，總是只看著前方走路的她，從來不懂得感性為何物的她，在看到晚霞之後，竟然會說出那樣的話。因此，讓我產生想要傾訴一些事情的念頭。

—媽媽，那個……

我不由自主地開了口，不忍心說出下一句。有太多話要說，什麼話都想說，但是不知道該說什麼，不知道該從哪裡開始。所以啊，媽媽。

哪怕只有一次，也希望妳能向我道歉。關於當時踐踏我的心。妳以這樣的形式生下我，以這樣的方式養育我，卻決定把我推開，把我放在一個再也回不來的地方，一個未知的世界，所以希望妳一定要跟我道歉。我知道那不是媽媽的本意，也不是誰的錯，雖然我知道，我……

—我永遠無法理解妳。

—什麼？

—真的很抱歉，恐怕我永遠都不會原諒妳。

—這孩子突然傻乎乎地說什麼呢？

突然感覺自己要流淚了，趕緊轉過頭去，然後站了起來。

—我要去廁所。

我從地上站起來，揹起背包，趕緊跑向廁所。冷靜下來一看，才發現自己像習慣似的走進了殘障人士專用廁所。我跪在馬桶前，放下背包，從裡面拿出一大堆紙張。紙上我歪歪扭扭的字和他的紅字重疊在一起。我把拿在手上的紙張撕成兩半，把每一張紙都撕下來放進馬桶裡，字跡沾水泛紅。我沖了水，紙張劃著波紋，被吸進了黑洞裡。

抱著他的那段期間，好像擁有了世上所有的東西。

就像抱著宇宙一樣。

雖然感覺要落淚，但我並沒有哭，這段時間已經哭夠了。直到紙張全部消失，反覆沖水後，我調整呼吸，重新揹上空無一物的背包，走出廁所。

媽媽乾脆躺在草坪上，望著天空。她望著天空的表情看來比任何人都要平靜。也許在我面前看著晚霞的那個人，那個四十五公斤、五十九歲的她，也和我的心情一樣。

因為我的存在，她的人生無法如她所願，也無法像表格上的數字那樣能夠有條不紊地整理出來，反而朝著最不希望發展的方向走去。血緣相連的我們，應該是比任何人都了解彼此，實際上，卻有可能是最不了解對方的人。所以，人生中，某些時刻，不得不放棄堅持。因此，現在我所能做的，就是停止思考，只是看著她微笑地對那不過是西沉的太陽賦予意義。等待她去世。希望她在什麼都不知道的情況下，死去。

大都市的愛情

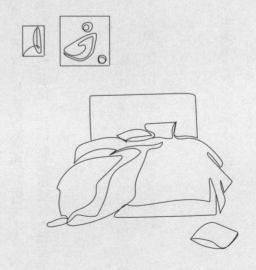

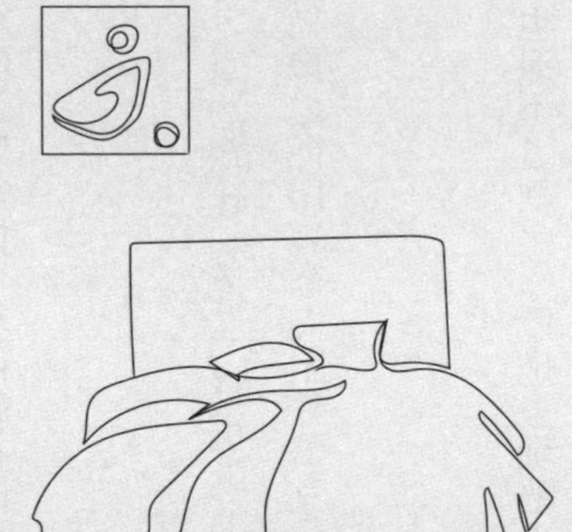

為了紀念兩人交往兩百天，我決定和奎浩一起去日本旅行。我們假裝在各自的辦公室工作，用Excel制定了四天三夜的旅行計畫。其實，不管我提出什麼意見，奎浩幾乎都會不假思索地同意。

—我們去淺草，在御台場和哆啦A夢一起拍照，還要去箱根溫泉。

—好啊，好啊。

旅行當天，我們慢慢收拾好行李，結果在最後一秒才驚險地趕到機場。人很多，我們以為這樣下去會錯過飛機，幸好辦理手續的速度很快。我們站在櫃臺前，遞交兩本護照，其中一本被推回來——是我的護照。

—先生，這本護照過期了。

原來我不小心帶成了入伍前辦的護照，奎浩在我旁邊一直慌亂地說怎麼辦怎麼辦。距離登機時間只剩下五十分鐘，我毫不猶豫地從口袋裡掏出外幣兌換信封。

—這是哥哥給你的零用錢。

—啊？

—反正住的地方都已經預約好了，現在也退不了款，你還是去玩吧。

—一個人？我一個人玩什麼？

奎浩每次慌張的時候，都會用方言反覆詢問。我把信封塞進奎浩的口袋，用手機把計劃表傳給他。

—就照這個行程去旅行，晚上和男人一起玩吧，聽說日本男人老二更大，多搞點豔遇再回來。知道了吧？

—啊，你在說什麼啊？

我把噗哧笑出來的奎浩強推到出境門，向不斷回頭張望的他揮手，示意他快點走。

我一個人坐上了機場地鐵，覺得自己像在看著不斷重複播放的電影畫面，灰色的泥灘不斷從窗外掠過。因為無聊，想要聽些什麼，我打開好久沒聽的凱莉．米諾的《*Aphrodite*》專輯。這樣的日子總會讓我想起她的聲音。嘴唇好像很乾燥，我翻遍口袋，發現沒有護唇膏。以前每當這個時候，奎浩總會默默地把護唇膏遞給我。不只這些，如果他比我早下班，他會把地板擦乾淨，也會煮可口的湯，說著讓我無語的連篇廢話……奎浩不在的這四天，如果太無聊怎麼辦？我想起和奎浩也很久沒有做愛了，和性如此脫離的戀愛還是第一次。明明讓他跟日本男人盡情出軌，但現在這樣的心情又是怎麼回事？如果要說搞笑，還真沒有人比得上我。

* * *

奎浩和我第一次見面的地方是位於梨泰院，現在已經關門的一家夜店。

我聽說為了慶祝中秋節，那裡將舉行無限量供應（摻水的）龍舌蘭酒的活動。對於（當時和現在都一樣）我這個動不動就與父母斷絕關係的公認的敗家子來說，中秋節自然無處可去，所以，飽受貧困折磨的我（當時和現在都一樣），無論如何也不能錯過這樣的機會，自然要在群組把這個消息告訴大家。

—聽說今天G夜店有無限量供應酒水活動，你們都出來。

我那群朋友都是二十多歲，沒有一個人會拒絕免費，托他們的福，那天晚上我們T-ara[32]的成員得以高傲地走在凌晨的梨泰院路上。T-ara是以取獨特外號為特長的我，以我們有六名成員為由，幫我們的群組所取的外號。我的個子是其中第二矮的，唱歌的時候鼻音很重，自然而然地成為了昭妍，但重要的不是那個，而是我們到達夜店的事，這才是重點。

彷彿馬上就會讓人失明的強烈綠色雷射光從天花板照射而下，巨大的酒吧裡人太多了，根本就沒法拿到酒杯吧？我們在DJ舞臺旁邊的一個迷你吧裡找到位子，因為音樂聲太大，只有那裡沒人。T-ara成員每個人的身高雖然都超過一百八十公分，但因為心中其實都住著一名少女，所以剛開始時，得盡量克制自己的才藝，肩膀伸直，只是轉動眼珠，乾掉每一杯酒，龍舌蘭酒杯瞬間堆積如山，喂，大家減速啊，我們這樣下去會完蛋的。寶藍啊，你為什麼搖搖晃晃的？不是讓你慢慢喝嗎？恩晶去哪兒了？啊，真是的，我也不管了，先喝醉再說吧。肝臟還算比較乾淨的二十多歲的昭妍過度相信自己的酒量，喉嚨就像變成下水道一樣，只是不停地把酒倒進去。這樣下去，會完蛋的預言很快就成為了現實。

我眼前看到的是瘋狂倒酒的調酒師，短髮的可愛男人。他腦袋後面的霓虹燈到底是什麼字？

Don't be a Drag. Just be a Queen.

音箱裡連續播放著嘻哈鬥牛梗（Pitbull）和珍妮佛・洛佩茲的〈On the Floor〉。

—ＤＪ，你瘋了嗎？我來這裡還要聽〈On the Floor〉嗎？

我們當中身材最好、性格最惡劣的芝妍用特有的清脆聲音爬上ＤＪ舞臺，高喊馬上放T-ara的歌，但是ＤＪ卻假裝沒聽見，一側的耳朵上戴著耳機，繼續播放已經放了一萬次的Club Mix Pop曲目。喂，這裡是美國還是韓國？回答我，趕快回答。芝妍似乎馬上就要撲向ＤＪ，賞他耳光，我和寶藍抓住他的雙臂，但我們想拉住一百八十三公

32 譯注：韓國知名女子偶像團體，從二〇〇九年起活躍至今，成員數在各時期略有不同。

分，八十四公斤，已經喝醉的芝妍，實在是不可能的任務。瞬間好像有什麼東西閃過我的臉，打起精神一看，朋友們從背後傳來尖叫聲。晚了，芝妍的手肘撞裂了我的嘴唇。

被打之後，在我暈頭轉向的眼前，有一張臉撲上來。頭髮短得近乎光頭，沒有雙眼皮的細長眼睛。嘿，不是剛才那個調酒師嗎？他的眼睛裡，黑眼珠比起眼白的比例高出許多，看起來就像外星人，不知怎麼的，我好像也映在那裡面。我那寒心、茫然，甚至孤獨的表情。你彎曲的鬢角一直延伸到鬍鬚，我們的距離非常近，你的小鬍子甚至可以碰到我的臉。這時，突然一個冰冷物體碰到我的臉頰，貼在我的嘴唇上，是五百毫升的斐濟天然礦泉水（Fiji water）。

—沒事吧？

濁音夾雜的低音。配著可愛的虎牙，不知為何看起來十分乾燥的嘴唇，如果放任那個看起來非常親切的嘴唇不管，簡直就是犯罪，我不知不覺地吻了你。你那像眼神一樣溫暖的舌頭和我厚實的舌頭重疊在一起，雖然希望愛情能夠從此開始，但實際上，連愛情的愛字還都沒有一撇。我只是瘋了，因為你？不，是喝了太多的酒、音樂、令人頭暈目眩的閃爍燈光，讓人感覺馬上要死掉的沉悶空氣——

其實什麼都不是，是我自己的不幸。

還有血的味道，也許是嘴唇裂開導致的吧。清醒後的我把你推開，對著你的耳朵低聲說：

—拜託你忘了吧。

然後，我搖搖晃晃從座位上站了起來。是啊，如果現在要老實說，其實那時我根本沒怎麼喝醉。假裝喝醉來緩解尷尬的鬼把戲，都是演戲。寶藍和居麗抓著我的肩膀搖晃，像在許願一樣，DJ開始播放凱莉・米諾的〈All the Lovers〉。喂，這裡真的不行了，我們出去吧。我無緣無故地假裝喝醉，低垂著身子，被恩晶攙扶著走出夜店。當我走出夜店，看起來很正常地轉頭看著夜店內部，向著凱莉・米諾的聲音不斷迴盪的方向。當時只是擔心而已。

奎浩，你啊，接觸到了我的血液。

＊＊＊

凱莉。

二〇一〇年的夏天，我終於等到入伍百日的休假。我靠在高速巴士的窗戶上，腦海中浮現的三個關鍵詞是美式冰咖啡、凱莉・米諾和做愛。一下巴士，公務員情人K便站在眼前，當時我們才認識六個月，他一手拿著最大杯的星巴克美式冰咖啡向我揮手，我的眼珠都要冒出來了，狼吞虎嚥地喝著生命的復原靈水，我最喜歡的苦味，時隔三個月喝到的咖啡讓我的心臟毫不留情地跳動起來。「哥，聽說凱莉．米諾出新歌了，我想快點聽到。」「知道了，我們走吧。」就這樣去了（只有名字是酒店的）汽車旅館。我急忙脫下軍服洗澡的時候，哥哥用汽車旅館的電腦找了〈All the Lovers〉的MV，我在沒有擦乾身體的情況下走出浴室，看著數百人脫掉衣服，互相擁抱，堆起塔來，看到那塔像海浪一樣盪漾的MV。我們一次次看著人們堆積如山的肉體，躺臥在床上，播放著凱莉．米諾《*Aphrodite*》專輯的全部歌曲，然後做愛。因為好久沒做了，所以感覺有點痛，K問我能不能把保險套拿下來，我也同意。聽到第四首〈Closer〉的時候，他在我體內射精了。我後來先進浴室洗澡，可能是因為太勉強了，所以有出血。就這樣和哥哥一起度過三天兩夜後，我才回到部隊。半個月後，伴隨著高燒，開始冒出紅疹，在醫務室徘徊於死亡線上的我，被送往國軍醫院。驗完血後，軍醫官對我說的第一句話是：「你是1號還是0號？」「什麼？您說什麼呢？」後來才知道，那個連狗都不如的公務員在我入伍後，就迫不及待地跟別的男人交往。在那之後，我迅速地回歸社會，為了接受我面臨的現實，我首先做了我最擅長的事情。

我最厲害的事就是，取外號。

不是因為聽了凱莉．米諾的歌，人生因而交錯才取名為凱莉的，只是因為名字漂亮。反正要和這東西共處到死為止，我覺得給它取一個聽起來最漂亮的名字比較好，凱莉。

沒錯。比起瑪丹娜、亞莉安娜、布蘭妮或碧昂絲，我覺得凱莉最合適，當然。

取這個名字，我從來沒有後悔過。

＊＊＊

通宵喝了大約二〇二〇一〇杯龍舌蘭酒，為了賺錢正常上班的我趴在櫥窗上忍著嘔吐。「我是桑德拉．迪希。」桑迪今天的洩氣聲依然如故。因為表演太糟糕了，演員的演技未達標準，即使發放邀請券，觀眾席也空無一人。不，不會有人來看已經重演了十多場的《希臘》演出吧（我其實沒資格說這樣的話。雖然是同樣的飯菜、同樣的咖啡、同樣的約會路線，但只要是新的男人，我就會因為喜歡而跑去）？在狀似墳墓的這個地方，我能做的只有忍住不打哈欠，聽著彷彿會讓我耳朵流血的歌聲，找機會打瞌睡。因為我是這墳墓裡連一把沙子都不如的首陀羅[33]。因為我既不是演員，也不是製作

33 編注：印度社會的第四階級，四大種姓裡的最下級，通常是擔任傭人和工匠等職務。

組、宣傳組什麼的，只是茫然地坐在劇場門口，賣著根本沒有人要買的節目單的最低時薪打工仔。一個月的銷售金額為四十萬韓元左右，這些錢還不到我薪水的一半，遲早會被炒魷魚。別人都在休息的星期天晚上，這算是什麼折磨？因為宿醉，在前半場中間兩次跑去嘔吐。按照我原本的個性，雖然想丟掉所有的節目單，在房間角落裡睡覺，但是因為這是大學同學在熙動用關係找到的兼職，所以顧及義氣，我不能那樣做。聽說導演是在熙認識的哥哥，兩個人可能一起睡過。話說回來，後半場應該開始了，那個男人為什麼還歪斜著坐在大廳裡呢？我抬起比地球還重的臀部，朝沙發走去。

—先生，中場休息時間結束了……

男人抬起頭，哎喲，這張臉怎麼如此熟悉？昨天的那個——調酒師嗎？

—呵，是昨天在夜店的那位吧？

—好像是吧。

—哇，真神奇。你是來看演出的嗎？

—不是，我是來看你的。

呵，這小子是怎麼回事？我當然不覺得你會喜歡我，我這個人對自己有幾斤重還是很清楚的。

—啊，原來如此。現在不進去的話，十五分鐘後才能進去。

他回答說，真的是為了看我而來的。他會不會是來指控我？

—你怎麼知道我在這裡？

他說自己看到芝妍的Instagram上，我給他的《希臘》邀請券的照片。

#音樂劇　#希臘　#VIPTICKET　#位置真好　#映的禮物

那就對了，原來是芝妍的三萬粉絲其中一人。以前也經常有陌生人跟我說話的經驗，因為對我有興趣嗎？不是，他們是對長得帥、身材好、老二大、人氣旺的網紅芝妍的「朋友三」感興趣而已。也許調酒師你心裡也只是想透過我和芝妍攀上關係吧？我的眼力太強了，既然說出口，那我也不隱瞞了，其實我只是想得到T-ara的光環，只是喝豆渣的寄生蟲而已。也只是美貌朋友身後的背景、屏風、細心照顧酒後爛醉的朋友，像鄰家大嬸一樣的角色。雖然我對我的角色沒有不滿，但今天有點累，不能再理你了。

—怎麼辦？下半場結束到把場地整理好需要兩個小時左右，今天好像不行吧？

—沒關係，那我就在前面的星巴克玩手機，你忙完以後再過來吧。

還沒等我回答，他就匆匆離開演出現場。我又回到自己的位置，把一本也沒有賣出去的節目單重新擺放好，抽出溼紙巾，擦了擦沒有一點灰塵的陳列櫃。但是，很奇怪，我為什麼在笑？真是沒分寸。

演出結束後，觀眾們全部離開了劇場，我把放在拍照區前的人形立牌搬到倉庫，然後關掉大廳裡的燈。十點多了，不會真的在等我吧？雖然對突然在乎起來的自己感到好笑，但是抱著或許成真的可能性，去了星巴克。他還坐在沙發席上，戴著厚厚的角框眼鏡，盤腿坐著玩遊戲。在昏暗燈光下看到的濃烈印象到哪兒去了？怎麼長得這麼傻乎乎的？就是小企鵝啵樂樂[34]啊。一看到我的臉，他嚇了一跳，摘下眼鏡，從座位上站起來，又回到我熟悉的面孔。我止不住大笑，所以坐在他對面時也笑了半天。

—別笑了。

—對不起，你究竟為什麼來這裡？

—你拜託我忘掉，我更忘不了了。

—啊……昨天真的很抱歉。我請你喝咖啡，想喝什麼？

—剛才喝過咖啡了，這個你拿著。

天啊，他拿給我的，是我的白色路易威登手機殼，公務員那個狗小子留給我的禮物，除了這個以外，還有凱莉。這是我出生以來收到過的最昂貴的生日禮物，我到現在還記得當時全世界都像霓虹燈一樣燦爛奪目的感覺（雖然是散落的回憶，但也是唯一擁有的名牌），難道我把這個弄丟了？

—你跳舞跳得太認真了。不知道手機殼飛走了。我撿起來了。

—……請忘記昨天的我。

—為什麼？跳得不錯啊。特別是〈No.9〉。

啊，我真想死。為了顯示自己很有男子氣概，用比平時低兩個八度的聲音說話，但這有什麼用啊？在我因覺得丟臉而臉紅的時候，星巴克工讀生對我們說營業時間已經結束，要我們出去，我們像被推擠似的走出星巴克。於是，我們只好在大學路[35]的小巷裡默默走著，突然看到老啤酒屋的招牌，我不自覺地如此說道：

—要不要喝點酒？

我喝其他酒類雖然都還可以，但喝啤酒卻很弱，其實我不應該那樣，但人生中除了不該那樣的事情之外，就所剩無幾了。喝醉酒就會變得不必要的坦率，變成根本無需成為狗的我，那天也毫無例外地吐露了沒有人問過的話。其中最糟糕的是一字一句地吟誦我過去的戀愛史，感嘆自己的身世。

—你知道嗎？其實我也真的愛過。有一次跟同一個生肖的運動圈大叔交往，因為我穿美國製的衣服而被他訓斥過。可我又喜歡這種人，所以買禮物送他、幫他做飯、沒

---

34 編注：《小企鵝啵樂樂》是由韓國出品的卡通影集，主人翁是一隻名叫「啵樂樂」的小企鵝。
35 編注：大學路以學生酒吧、咖啡館等藝術聚會聞名，充滿著戶外音樂及戲劇表演。

事就會趕緊跑回家，像寵物狗一樣等著他。但是我卻狠狠被他擺了一道。那傢伙和我完全失去連絡，但是我不後悔，因為是真正的愛情。反正被他燙傷之後，我就下決心要找一個好男人交往。所以下一個戀人雖然臉、身體、老二都不怎麼樣，但是因為他善良，就跟他交往。你知道我為什麼被他甩了嗎？他說我在路上唱太多歌了，說我一直唱、一直唱，真是唱得太過分了。不是嘛，難道在民主主義國家，連唱個歌都不行……

那天我做的醜事中最精彩的部分是，對送我回家（離啤酒屋十分鐘距離）的他這樣說：

—要不要進來坐一下？

看著他躊躇不定的臉，我頓時清醒過來。清醒吧你，He is not into you。不要這樣對待本著善意來找你的人。我故意裝作若無其事地問眼珠子轉來轉去的他。

—你住哪裡？

—仁川。

從仁川來到這裡？只為了把手機殼還給我？出於單純的好意？我決定再深入一些。

—就待到第一班車出發前為止吧。

—坐計程車就行了。

—你錢很多嗎？

—不是。

—那你是覺得我不怎麼樣，寧可坐計程車跑掉嗎？（打算囉嗦到什麼時候？）

—不是那樣的……

—那是什麼？我會把你殺掉嗎？還是會把你吃掉？（拜託不要再囉嗦了。）

—因為我有原則。

—什麼原則？

—見三次面之前不能做愛……

我大笑起來，這小子是二十歲嗎？還是《慾望城市》看得太多了？以為自己是夏綠蒂還是誰？我心想他一定不喜歡我，想著不要讓自己再變得更悲慘了，但還是握住了他的手。然後又說了這些露餡的話。

—誰說要做什麼？坐一會兒，天亮了就回去吧！

他點點頭，打開玄關門後，房間亂糟糟的模樣就暴露了出來，看到這個情況，我感覺酒一下子醒了，但那只不過是錯覺而已。我依然醉醺醺地脫下外套，把褲子拉下去，牛仔褲怎麼這麼小，是不是胖了？結果把褲子拉到一半就癱坐在床上……

再次睜開眼睛時，天已經快亮了。大學附近街道的凌晨，無一例外地都是從套房建築的施工現場發出的噪音開始。那麼多的房間又會住著多少人呢？我皺著眉頭，睜開眼睛，可笑的是，我穿著內褲，竟然還穿著襪子躺在床上，而且還是一個人。站起身來，看見他穿著衣服躺在地上。我慢慢地起身，坐在他旁邊，看著他端莊的側面，世界瞬間變得平靜，彷彿只剩下我們兩人一樣。雖然想伸手摸他的額頭、鼻子和嘴唇，但是怕吵醒他，所以沒有那麼做。取而代之的是，我小心翼翼地把食指放在他的鼻前，感覺著他淺淺的呼吸。他枕著胖胖的小企鵝啵樂樂玩偶，脖子上有五條皺紋，頭頂上端正地放著手錶和錢包。我拿起手錶仔細觀察後發現，上面刻有「國家情報院」五個字，字樣為陰刻，這是什麼？因為好奇他真實的身分，我小心翼翼地打開他的錢包，裡面有三張一千韓元的紙幣、新韓銀行愛國金融卡、柳雪姬護理學院朱安店[36]學生證、第二級普通駕照。一九八九年出生的閔奎浩。他翻了個身，我慌忙地把錢包放回去。

他睜開眼睛，確認了時間，急忙穿上外套。連我倒給他的一杯水都沒喝就穿上鞋子，說是錯過了補習班的時間。門就此關上，我才想起我們連電話號碼都沒有交換。戴著國家情報院的手錶，週末在夜店喝酒的助理護士預備生。奎浩。

你到底是什麼人？

* * *

星期二，我的這一週又開始了。

自從辭去第一份工作後，我又回到了學校。像往常一樣晚起的我，習慣性地坐在學校圖書館，以準備就業為藉口，打發漫長的時光。我坐在玻璃窗前的座位上，接受照射進來的陽光，讀幾本小說。有時會打開筆電寫些像垃圾一樣的東西，有時則在像我的大腦一樣空白的筆記本寫下毫無意義的話。

二十九歲，柳雪姬護理學院，助理護士，調酒師，閔奎浩。

羅列這些沒有意義的詞彙時，看著從窗口照射進來的陽光。感覺有點懶洋洋的，暫時閉上了眼睛，再睜開眼睛一看，已是下午五點。拖著比溼抹布還沉重的身體來到大學路，到達劇場。打開大廳的燈，把主演的人形立牌移到售票處前。再過半個小時，售票處就會有人來買票，我明知道賣不出去，仍向空中喊著出售節目單。

我以就業準備為藉口（實際上已經很難再和媽媽一起生活了），在學校前面租了一間套房。因為要交月租，還要賺生活費，所以每天都得打工。一旦經歷了一次職場生

36 譯注：韓語的學院為中文的補習班之意，朱安乃地名，故朱安店乃指柳雪姬護理學院的朱安分院。

活，想要成就什麼的動機就消失了，反正最終只會換位置，重複同樣的日常生活。煩躁、憤怒、希望伴隨的絕望，和每天反覆的工作像汗水一樣浸透後黏在一起。戀愛這個事情也一樣，我早已無法期待新的事物。就業、寫作、戀愛，沒有一件不讓我感到厭倦。但奇怪的是，我為什麼總是想寫你的名字呢？只不過是日常生活眾多臉孔的其中一個，奎浩，你的名字。

* * *

週六晚上的公演結束後，回到家，接到在熙的電話，說她男朋友去科威特出差，因此獲得久違的自由，邀請我喝酒。雖然不是很喜歡這樣，但因為有免費的酒喝，所以只帶了一張交通卡就去了弘大。在熙費心邀請的人大部分都是互不認識的社會人士，不認識的社會人士聚在一起時，總是玩著不好玩的遊戲，彼此分享根本就不好奇的人生、年薪、異性的戀愛故事。都在聊些牽手、接吻、交往一個月後做愛之類的屁話，我一點也不感興趣。還有，為什麼只點清河燒酒[37]？我喝燒酒根本不會醉。「那個，我被派到宰桐部隊[38]的時候，美軍的狗崽子們……」畢業於高麗大學，在某建築公司上班的男子提起無人問津的軍隊故事，說得有聲有色。在那男人喧譁的時候，我一個人一直喝著清河燒酒。「那個挺能喝酒的朋友還是大學生嗎？」「不是，我畢業了。」「應該服完兵役了吧？你是哪個部隊的？」在熙看著我的眼色，轉移了話題。「哥哥，都已經三十多歲了，軍隊故事還要講到什麼時候啊？真沒意思。」如果無聊能區分等級的話，今天的聚會簡直是世界級。我在別人喧譁的時候，連喝了幾杯酒，把下酒菜的小明太魚乾撕成粉末。啊，好無聊，我想逃跑，我不適合這種地方。幾乎每天、每時每刻都縈繞在我日常生活的異化感。T-ara們現在在做什麼？搞不好有人出來玩，進群組裡一看，今天怎麼都這麼安靜？也許大家都在咬著一個男人做愛，或者是在家裡睡大覺吧？我起身說要去洗手間，然後悄悄地傳訊息給在熙。

對不起，在熙，我先走了，太無趣了，坐不下去了。

對啊，那傢伙話真多啊，其他人也都很討厭他，科科。

嗯嗯，科科，讓那個爛醉的高麗大學哥哥結帳。

沒錯，科科。

---

37 編注：清河燒酒是韓國樂天的品牌，跟其他燒酒相較，口感較為清爽，酒精濃度也較低。

38 譯注：正式名稱為伊拉克和平重建師，是韓國陸軍於二〇〇四年九月至二〇〇八年十二月間派遣至伊拉克北部地區的分遣部隊。

我微笑著站在路邊，時間是凌晨四點二十分。我想去其他地方，但不是家裡。想起的地方只有一個，梨泰院。橘色計程車像許願一樣停在我面前，我無意識地打開車門坐上去，高喊大叔，梨泰院消防署。路燈的燈光和霓虹燈的招牌本來就這麼燦爛嗎？為什麼突然覺得首爾這麼美？什麼都不怎麼樣的東西忽然間都變得很特別、很了不起。雖然加價時間已經結束，但計程車費仍然超過了一萬韓元。交通卡餘額好像還剩不到兩萬元，等一下怎麼回家？啊，不管了，無論如何都會解決的。從漢南洞開始塞車，我在第一企劃公司前下了車，跑到G夜店前。看到他正氣喘吁吁地從夜店門口出來，拿著和自己身體一樣大的垃圾袋，他可能沒有發現我，嘟囔著走向停車場。我跟在他後面，不自覺地從身後抱住放下垃圾袋的他。

—啊！

—有什麼好害怕的？

—啊，嚇死人了。

—現在是在裝可愛嗎？

—嚇了一跳才說方言的。

—仁川哪有那樣的方言？

—我不是仁川人。

—那你是哪裡人？

—我是濟州島人，來陸地才一年。

噗哈哈，陸地是什麼呀？我失禮地大聲笑了出來。那有什麼奇怪的？他氣鼓鼓的表情像在這麼回應，真可愛。

—你是來玩的嗎？朋友們呢？

—沒有，我是一個人來的，為了見你。

—啊？

—沒必要那麼反感吧？我剛才在弘大喝酒，可是還喝不夠。好像已經快要天亮了，但還是想喝酒，所以就來這裡看看。這裡不是能調烈酒嗎？

他嘻嘻地笑著，突然把手搭在我的肩膀上。雖然被他突然的身體接觸嚇了一跳，但我並沒有表現出來。我的左耳感受到他的呼吸，我們就這樣肩並肩地走近入口。警衛們沒有任何制止，就讓我們進了夜店，他徑自把我帶到迷你酒吧，然後拿出雙倍杯，裝滿與平時不同顏色的酒。我一口氣喝完了，什麼呀？怎麼會有桃子香？這是果汁，不是酒。他用同樣的酒重新斟滿酒杯，真是的，我要喝酒，為什麼總是給我果汁？連續喝了幾杯的我，為什麼突然想跳舞呢？他看著我笑，發亮的額頭上反射著燈光，我奇怪地覺得他就是我的首爾。美妙的首爾城市、嘈雜的音樂聲、黑亮的眼睛、短髮。我想和你一起跳舞，然後用一隻手抱住你的腰，還想用另一隻手撫摸你汗溼的短髮。我希望能貼著你，互相感受彼此的體溫。但為什麼總是想閉上眼睛呢？這裡面太熱了，煙太多了，眼睛乾澀。我希望能播放更喧譁的音樂，希望能噴出溼潤的空氣，只要別讓我的眼睛閉上……

睜開眼睛一看，白色螢光燈照得滿室明亮，客人都不見了，只剩下幾個打工的在收拾地板上亂七八糟的垃圾。這裡原本就這麼窄嗎？燈火通明的夜店與夜晚時黑暗的夜店不同，顯得破舊不堪。當然，其中最醜陋的就是我。我蜷縮在沙發角落，奎浩坐在我身旁。

—先生，我們要關門了。

我對著面帶笑容的他說對不起，然後穿上拿在手裡的外套，慌忙走上樓梯，頭暈目眩。到底喝了多少啊？我扶著牆壁走到街上，已經是大白天了。麵包店的工讀生掃著地，我癱坐在夜店前的臺階上。我呼了一口氣，幸好沒在路上睡覺，否則可能會死掉吧。回家的巴士車站離這裡很遠，我走不動了。我在裂開的嘴唇抿了抿口水，抹掉眼屎時，突然幾個人從夜店入口走出來，然後紛紛散去。奎浩再次出現，站在我面前。不回家在這裡幹什麼？奎浩問我的時候，我伸手抓住奎浩的衣角。

—對不起，我沒有計程車費。

我們一起坐計程車回家。奎浩對司機說的目的地不是仁川，而是大學路。收音機裡正播放著楊姬銀[39]的〈晨露〉。奎浩對我說：

—知道今天是我們第三次見面嗎？

—你有在記啊？

—這種次數就算不記也知道吧？

—我還在算呢，一直到第三次為止。

我們再也沒有說話，只剩咽下口水的聲音，不知不覺間，我和他的膝蓋貼在一起。我把外套放在我們的大腿上，外套下方，我們的手緊緊交握。然後兩人互相撫摸對方的大腿。看著和來時相反方向的建築，經過大使酒店、清溪川和梨花禮堂，越過大學路的小劇場，我的家越來越近，我們從彼此的指尖感受到沉重而熾熱的氣息。

＊＊＊

39 編注：出生於一九五二年，韓國知名創作歌手，於一九七〇年代出道，是韓國樂壇早期的民謠女歌手代表。〈晨露〉是她的代表作。

回到家的我們遵守了第三次才能做愛的法則，雖然沒能成功。

奎浩安靜地用半語問我可以拔掉套子做嗎？我搖了搖頭，奎浩似乎有些不好意思地說：

—對不起，戴著它總是會軟掉。

—（聽說這是陽痿患者的常見藉口）沒關係，我來嗎？

—那個有點……我不太行。

* * *

一睜開眼睛就看到奎浩站在廚房裡，六個多月沒用過的電鍋正在運轉中，還有不知道從哪裡找出來的調味料和醬油。他好像在用瓦斯爐煮東西，我看著我那滿是蒸氣的狹小房間，沉浸在一種微妙的幻想中。奎浩發現我起床後，說他用做飯的錢代替住宿費。我打開一張放在床頭的小桌子，用溼紙巾擦去灰塵，擦了又擦，灰塵還是不斷冒出來，真不愧是我家。奎浩把煮好的黑輪湯和沒看過的小菜放到桌子上。我問他小菜是哪兒來的，他說是從前面的超市買來的。仔細一看，流理臺上掛著廚餘垃圾袋，浴室前還鋪著從未見過的腳墊。這個人的適應能力到底是從何而來？蒲公英籽也不會這麼快扎根吧？我默默地喝著他煮的調味湯。奎浩問我：

—看來你剛搬來沒多久，連窗簾都沒掛。

—兩年了，雖然窗簾、床單都買了，但因為覺得麻煩，都放著沒動。

—人怎麼可以……怎麼可能。

—我也可以問我好奇的事嗎？

—嗯，當然了。

—你的故鄉是濟州島，工作的地方是梨泰院，為什麼住在仁川？

他說是因為親哥哥的緣故。相差一歲的哥哥經過四次重考，終於考上仁川的某醫學院。據說哥哥預科結束時，母親看到他在學校前面的套房裡活得像乞丐一樣，於是將奎浩送到仁川。和哥哥一起生活、做飯給哥哥吃、打掃、照顧（？）哥哥。我聽到這個八〇年代敘事風格的故事，著實嚇了一跳，但奎浩說這也不是什麼大問題。

—我從小就經常闖禍，高中也退學了，後來還放棄好不容易考進去的專科大學，我覺得對不起媽媽，而且在島上也沒事可做，因為出生在濟州島，所以想在首爾生活。雖然不是首爾，但是……總之就是上來了。

—和哥哥一起住不壞吧？

—壞，非常壞。

不知道是不是因為父母凡事迎合功課好的哥哥，他哥哥的性格真的養成像臭狗屎一樣。連說都不說一聲就把奎浩煮的排骨湯裡的肉全都吃掉，這還不夠，還把剩下的骨頭倒進馬桶裡，導致馬桶至今還堵著。他還說，哥哥在家時總是戴著耳機玩遊戲、罵髒話，這就是他全部的日常生活。奎浩說在一起生活的六個月期間，交談不超過十句話。他的表情流露出從未見過的敵意。我又發揮察言觀色的特長，轉移話題，問他平時主要做什麼？奎浩若無其事地回答說在社區上護理學院。「第一，有國家經費支援，還有零用錢，現在實習也快結束了。知道這個嗎？一起去吧，柳雪姬，柳雪姬護理學院……」奎浩開始唱起不知是不是自己學院的廣告歌曲，我笑著回答說不知道，奎浩遺憾地說仁川人都知道。奎浩面無表情地說道：「父母還說如果哥哥開診所的話，就讓我進去幫忙，唉，其實就是要我一輩子都像僕人一樣生活吧。」什麼呀？是溪水嗎？為什麼說話這麼透明無保留？他又怎麼知道我對別人複雜的家庭生活總是感到脆弱，突然就進來了我的世界。為什麼把自己所有的一切都展現在我面前啊？在我不算短的同性戀生活中，奎浩是第一個不包裝自己，無限接近真實，甚至透明地暴露出自己祕密的人。而且，他長得一臉不會聽別人的話的模樣，但，很奇妙地，卻是個要他做什麼他就會做什麼的人。看著這樣的奎浩，我感到有點特別。奎浩看我什麼都沒回答，表情呆滯，於是有點沮喪地說：

—真的，仁川人都知道，柳雪姬。

我把黑輪湯喝到鍋底後，對奎浩說：

—今天有時間嗎？

—怎麼了？

—我免費請你看歌劇吧。

—哇，真的嗎？可以嗎？我從來沒看過。

出生以來第一次看的歌劇竟然是以最差演員聞名的這一部。我雖然覺得很抱歉，但也沒辦法，這就是你的命運。

—我給你最好的座位，但是有個條件。

—什麼？

—好朋友中有個叫芝妍的，就是當時用手肘打我的人。

—我知道，那個身材好又黑的人，他太有名了。

—沒錯，他只是性格像狗屎而已，芝妍說的話都很正確。他說過一句話，雖然年齡不同，但是說半語的話，一定是發生過性關係，我們現在開始說半語吧。

—你幾歲了？

—我是一九八八年生，你是一九八九年生，叫我哥哥。

—哦，你怎麼知道我的年齡？但我是八九年初生的，朋友都是八八年生。

—社會生活哪有年初年尾？人生就是實戰，而且你不是說你退學了嗎？

—……

—對不起，我扯遠了，你也快點說半語。

看著奎浩露出壞心眼表情的薄嘴唇，我無緣無故地陷入一種複雜的感受：既想用世界上所有的方法來折磨他，也想把世界上的一切都給他。

我們並排走向劇場，拜託票務組的前輩之後，拿到了奎浩的票。奎浩一個人進入公演場，我像往常一樣坐在售票處旁邊的玻璃盒子裡，看著公演場演出實況的大螢幕。身穿緊身牛仔褲的丹尼上車喊道：

—Greased Lightning！

布景上的小汽車前燈會照在奎浩的側臉吧？僅憑這一點就覺得原本實在聽不下去的丹尼唱功稍微變得值得一聽，難道是錯覺嗎？不知不覺間，我坐在展示櫃後面唱著「一起去吧，柳雪姬，柳雪姬護理學院」，唉，我真是沒救了。

＊＊＊

星期六下午，奎浩突然闖進我家。他從巨大的背包裡拿出BOSCH電鑽組。他說是春節連休期間，從中國客人那裡拿到小費，下了很大決心買的。雖然不知道他為什麼下決心買電鑽之類的東西，但他從衣櫃旁邊拿出窗簾杆和窗簾，然後爬到椅子上，開始裝上杆子，我伸手抓住椅子，抬頭看著奎浩說：

—非要裝窗簾不可嗎？為什麼？

—睡覺的時候看你一直皺著眉頭，太醜了。

我噗哧一聲笑了出來。奎浩大汗淋漓地裝好窗簾杆，掛上窗簾。「好了。」奎浩說著從椅子下來，我幫奎浩擦了擦汗，他的額頭非常溫暖。窗簾因為被塞在角落許久，已經變得皺巴巴，我把窗簾闔上，還真是一點光線也沒有透進來。感覺世上只剩下奎浩和我兩個人。奎浩把那套電鑽放在書架旁邊，說現在要去上班了。

—這麼快？

—嗯，今天和哥哥們約好一起吃晚飯。

—電鑽不拿走嗎？

—太重了，而且我也不太用得上。

—（那你為什麼買？）坐一會兒。

奎浩說約定的時間已經晚了，連一杯水都沒喝就匆匆忙忙走了出去。我一直看著緊閉的門。就為了幫我掛窗簾？從仁川跑來這裡？

搞什麼呀？讓人這麼感動。

那天晚上，我聽到急促的敲門聲，睜開眼睛，一片漆黑。幹，到底是誰？大半夜的。拿起手機一看，七點半，三通未接電話。怎麼回事啊！早上還這麼暗嗎？敲門聲連續傳來，我不停點頭，只穿著一條內褲開門。

站在門前的奎浩，手裡拿著一盒馬卡龍。

—聽說吃甜食，心情會變好。

—在說什麼呀，你喝醉了嗎？

—沒有，雖然有去聚餐，但是我只喝了一杯酒。

我從沒說想吃，但奎浩就這樣走進玄關，往我的嘴裡塞了一個天藍色的馬卡龍。我反射性地咀嚼，好甜，對於不喜歡甜食的我來說，因為太甜，本來就睏得皺巴巴的臉忍不住又皺起眉頭。奎浩用手指輕輕地揉了我額頭的皺紋。他冰冷的手裡散發著甜甜的氣味。

—我們出去好嗎？

—你瘋了嗎？我還要再睡一會兒。

—我知道你睡夠了。

—知道什麼？你怎麼知道？

—我從半夜就開始打電話。

—（原來是你打來的啊）如果沒接怎麼辦？

—好了，起來啦，出去吧。

奎浩的語調和眼神非常堅決，有種奇怪的感覺。我雖然長得像個沒用的傢伙，但也很順從別人的使喚，因為我是順利完成正規教育課程的韓國人。我嘆了一口長長的氣，穿上被我當作睡衣的運動服，外面套上一件羽絨外套，嘴裡嘟囔著，被他拉了出去。

週末一大早，街上人不多。我們去哪裡？去哪裡？我想去涼快的地方。現在是冬天，整個韓半島都很涼快。我想看看首爾。你現在正看著首爾。我們就這樣吵吵鬧鬧的。然後，腦海裡突然想起一個地方。我把手伸進奎浩的羽絨連身帽後邊，就像推著推車一樣走上坡路。他的頭髮散發著菸味。過了十多分鐘，我們一起來到了駱山公園。奎浩寬闊的額頭上沁出了汗珠。就這種小山，你這個年輕人（雖然只差一歲）怎麼會那麼喘？諷刺他以後，才想起他是通宵工作之後過來的，這讓我無緣由地感到抱歉，當然我也沒有表現出來。奎浩把手放在城郭上說：

—這些灰色的石頭真的有幾百年了？

—是吧。

就這樣，我們沉默地靠在城郭的邊緣。我看著地平線那端開始升起的太陽，重新意識到剛開始的早晨和深夜正好相接。奎浩也像我一樣俯視著首爾，沒有轉頭，便開口向我說：

—我從小就想來陸地，來首爾。我想盡可能去最高的地方。

—怎麼不爬漢拿山[40]呢？

—那個……

—嗯。

—我們……見面好嗎？

—我們現在不就見面了嗎？

—一定要讓我說兩遍？明明知道是什麼意思。

我知道，我很清楚，我太想聽這句話了，我也想跟你交往，「好啊」這樣的話都已經冒到舌尖了……那個，我有不能答應的理由。不管多麼想馬上跟你交往，在那之前也要先說一句話，早該說的話。雖然不知道能不能對奎浩說那件事，但我還是決定相信自己的感覺。

—在和我交往之前，你有兩件事情要知道。首先，我不喜歡甜食，所以不用給我買馬卡龍之類的，乾脆給我錢吧。

—瘋子。

—還有一件事情要弄清楚。就是說，我啊——

＊＊＊

我是凱莉帶原者。

雖然我對瑣碎的事情很在意，但在巨大的苦難面前，性格卻非常超然。與凱莉相遇之後的那兩、三個月混亂到了極點。以病患的身分提早退伍，坐在房間裡，不確定這件事是不是真的發生在我身上，也不知道它是不是真的屬於我。但其實也沒有什麼特別的，因為有藥。我決定就當作每天早上吃一顆維他命，直到死為止。做愛嘛，戴著保險套就行了。在基本禮儀上，大家不都是會做這些防範措施嗎？別人要浪費兩年時間在軍隊裡腐爛，但我六個月就結束了，就當人生變舒服了吧。對媽媽和T-ara成員們說是因

40　編注：位於韓半島的最南端，是南韓境內最高的山，韓國三大名山之一。

為椎間盤突出才退伍的，因為我平日姿勢不好，而且真的有椎間盤突出。其中有一個比較清醒的傢伙，不知道是否因為覺得奇怪而問過：

—搞什麼呀？你是不是沾著別人的屎吃東西啊？

—啊，被發現了。

大家那時也只是大笑著結束了這個話題。我和他們喝酒的時候，如果路上有個著名的帶原者經過的話，負責搞笑的恩晶一定會說「喂，大家都把杯子蓋上」，大家都笑翻了。我也笑到流眼淚，然後想到啊，對了，我身上也有那個啊，這時脊椎才變得涼颼颼的，僵硬起來。但是平時也沒有什麼想法，所以這樣說起來，我是凱莉帶原者，它無異於陪我一起生活了五年多的親人，也許比家人還親。共享相同的血管，吃相同的養分，呼吸相同的空氣。也就是說，這就是我，另一個我，以後也會是我，直到死也會是我，而且必須只屬於我……如果你想跟我交往，你要知道，我就是我，同時也是凱莉的事實。你是第一個讓我把這件事說出來的人，但是不要有負擔。以前因為相信男人才搞到今天這個地步，所以這也不是我該說的話，但奇怪的是，因為相信你所以才說的。如果覺得對於這樣的我感到負擔，那也是很自然的事情，你可以離開。但是，請不要告訴別人，讓我像現在這樣活著。你就記得是駱山公園旁邊有個體毛很長的男人。不，乾脆忘掉吧。就當是你人生中從未出現過的人，像往常一樣，平日去柳雪姬護理學院，週末在夜店喝酒就行了。

奎浩好長一段時間沒說話，就像真的什麼都沒聽到一樣，眉毛動也不動，一直往下看著首爾，我苦惱著要再說些什麼——

—那我先走了。逛逛首爾，多想想再連絡我，嫌麻煩也可以不連絡。

我假裝若無其事地沿著城郭山路走了下來，走在那螺旋狀似的幾乎要讓我頭暈目眩的混亂山路上，奇怪的是，為什麼我的雙腿發軟？為什麼咬住嘴唇？下巴為什麼發抖？這條路怎麼如此漫長？正這樣想著同時往前邁開腳步時，突然有隻手抓住我的肩膀。回頭一看，奎浩站在我的面前。平時他的臉約略是在我眼前，但現在卻比我高一些，因為他站在比我高的地方。奎浩細長的眼裡，一顆顆眼淚滴落。

—為什麼說得那麼若無其事？

—這也算不了什麼，人活著，什麼事都會發生。

—那也不能這樣……為什麼笑著說那些事情？讓我那麼難過。

—如果真的要哭，那也是我哭啊，你哭什麼？

我就這樣看著哭了很久的奎浩。哭起來好醜啊，好醜又好可愛，可愛，卻又可憐。好笑的是，竟然是我覺得他很可憐。可憐的人是我吧！

奎浩吞下鼻涕說：

—那個，我非常喜歡貓，但是不能養，因為我會過敏。

—為什麼突然說這個？

—你，長得像又胖又壞的貓，所以從現在開始，我就叫你胖哥吧。

這個外號沒有凱莉那麼有創意，但是我很喜歡。

＊＊＊

過了很長時間之後的某一天，兩個人躺在一起的夜晚，我曾經問過奎浩，我明明有凱莉，為什麼還欣然決定和我交往。

—不管有沒有，你就是你。

並非所以、但是或者雖然如此，而是不管有沒有，只因為是你。我喜歡那句話，就像嘴裡含著水一樣，一直不停地重複。

—不管有沒有。

＊＊＊

當我宣布和奎浩交往的時候，最高興的是T-ara們。

—哇！恭喜你。那我們現在能自由進出夜店了吧？酒也能免費喝嗎？

真是一群瘋子。

＊＊＊

我們兩人中，非常意外的（？），最先就職的是奎浩。結束實習的奎浩立即應聘上位於新沙洞的一家性器官擴大專門泌尿外科和幾家連鎖型整容外科醫院。最近的就業市場非常困難，所以這算是一件神奇的事情。奎浩確實是勤勞的人，生活能力也強，但是在開拓自己的人生或做出重要決定的時刻卻會做出糟糕的決定——他竟然接受了我的建議，選擇了性器官擴大的專門泌尿科。不過我的建議似乎變得正確了，因為他說工作很輕鬆，而且薪水比學院同學多。

交往的過程中，奎浩常對我說著幾句話。

簡直像口頭禪一樣。

—胖哥，我們現在做什麼？要去玩？

這些話應該是濟州島方言，每次聽他說這些語尾被簡化[41]的問句時，我都會嘆氣，然後像母鳥一樣，給出最適合奎浩及我們當時情況的答案。我的日常工作做得不好，例如整理、打掃家裡和回收垃圾分類等，但是倒很擅長做出重大的選擇。當然，正如俗語「和尚難剃自己的頭」，我自己的事完全是一塌糊塗，寄出履歷表大概會開心地落榜一百次左右，享受被世人完全拒絕的感覺。即使如此，我也沒有感到失望或挫折，因為經由之前的工作經驗，我知道即使克服迂迴曲折，順利進入公司，我的人生也不會好過多少。戀愛這個事情也是如此，所以對於和奎浩的關係，我也沒有太大的心動和巨大的期待，也許這就是我們能長久戀愛的祕訣。

與戲劇性的展開不同，我們的戀愛非常平凡，甚至會令人忍不住打哈欠。無論未來如何，我們開始交往，無論未來如何，我變成了胖哥，無論未來如何，奎浩漸漸在我面前戴上厚厚的眼鏡，而不是隱形眼鏡，變成眼睛間距非常大的小企鵝啵樂樂。

奎浩週末工作結束後就來我家睡覺，這件事已經成了習慣。我的聽覺靈敏，為了不要干擾我的睡眠，他總是壓低腳步聲，悄悄進來。他洗臉後進入被窩，十秒內就睡著了。那些聲音即便很小，我也總是會醒來。聞著奎浩的短髮或額頭上散發的菸味，鼻子貼著他的後腦勺再次入睡。

就這樣，我們會睡到下午，很晚起床。然後會吃豆芽湯或泡菜湯，再一起出門。

我的習慣是，如果不是有人強行呼叫，我絕對不會離開床（特別是不會去那些人多的地方）。奎浩則與此相反，對長時間停留在一個空間感到鬱悶。雖然我無法理解他為什麼會這樣，但無論如何，多虧了奎浩，我才能努力地觀賞這個世界。

我們約會的路線隨著中產階級化（Gentrification）的潮流而變化。我們漫步在三清洞和北村的美術館、奎浩公司附近的細路樹街；還去了普光洞和望遠洞、解放村和聖水洞，兩人胖了超過五公斤。因為我處於以最低時薪工作、極度貧窮的狀態，所以主要都是奎浩請客吃飯。奎浩會說要我成功後快點還錢，雖然我一直大聲回答當然，但我倆都知道這樣的事情絕對不會發生。

* * *

奎浩說自己晉升為商談室長，買了澳洲牛肉回來。我邊烤肉，邊跟他說你們醫院又不是什麼小店，怎麼這麼快就升職了？他說室長雖然不是什麼了不起的職務，但他確

41 譯注：濟州島方言和韓語有部分不同，特別是詞彙以及語尾簡化。此處「要去玩？」在韓語中即指「要不要去哪裡玩？」的意思。

實被院長看中了。院長經常對奎浩說他不像最近的年輕人，所以欣賞他。

—不像現在的年輕人是什麼意思？

—意思是說我土里土氣的。

我當然能了解院長的想法。奎浩的性格勤勞耿直，說一不二，這樣的特質有時過於顯眼，但是他的外貌看起來卻帶著點輕浮的氣質，這也是我喜歡奎浩的理由。

《希臘》公演接近尾聲時，我突然被一家貿易公司錄取了。他們支付的待遇比我實際的能力多出太多，但是有個問題，那就是到職的最後一關——體檢。因為是規模較大的公司，所以要在指定的醫療財團接受包括血液檢測的身體檢查。我向平時拿藥的大學醫院主治醫生詢問這件事，他說未經患者同意的病毒檢查是非法的，因此不用擔心。但這些事說到底也與他無關，所以我還是無法擺脫煩悶的心情。果不其然，我在網上搜索了幾次，發現曾有過和我相同情況被大公司取消資格的案例。奎浩則在苦惱中想出了妙計。

—我代替你去吧，我們的血型也一樣啊。

戀愛初期他曾經問起血型、星座之類的東西，說想看我們適不適合。我曾批評他在說什麼傻話，沒想到如今會這麼有幫助。我們不僅身高、體重相似，血型也相同，

AB型。不認識的人根本分辨不出我們倆的臉（雖然在我眼裡太不一樣了）。兩人都是輕度肥胖，變胖後更是如此。太好了，先試試吧。奎浩決定代替我去體檢，實際上，奎浩拿著我的身分證去接受檢查的那天，我非常擔心是不是在做傻事。

沒什麼特別的。

我呼了一口氣，看著奎浩的訊息。

最後，我在僅剩最後兩場公演之前，進了貿易公司的研修院。當年以Triple Casting開始的《希臘》只有音域狹窄的兩位演員以One Casting[42]的方式落下帷幕，兩百多本節目單原封不動留在了倉庫中。

* * *

奎浩就業後也沒有辭去夜店的工作。醫師國家考試在即，哥哥的糟糕性格也進一步深化，奎浩說會盡快存好保證金，搬出那個家。奎浩平時在醫院工作五天還不夠，週

42 譯注：在舞臺劇或音樂劇中選出三位演員演出一個角色。

末去夜店上班兩天，甚至隔週的週六上午還去醫院工作。每週一兩次的約會次數明顯減少到每月一兩次。相反的，奎浩來到我家以後，像暈倒一樣睡著的日子非常多。兩個人都有收入之後，我們總算是吃到了像樣的飯，還特意訂了首爾市內的飯店，共度一夜。我們一起坐在浴缸裡洗泡泡浴，喝香檳，他也不忘拍照之後上傳到Instagram或facebook上。我們穿著浴袍，俯瞰首爾全景，那些別人做的事情我們都做了。當然，沒有做最重要的一件事情。奎浩只要戴上保險套，無一例外，都會軟掉，如果我戴保險套，奎浩又會出血。我們兩個人都會吃威而鋼，但吃了之後會消化不良，還會出現鼻塞。本來早上吃藥就已經讓人煩死了，但是還得攜帶消化劑和肝臟的保護藥（細心的奎浩總會帶著藥物）。每當這時就會突然感覺平時連存在都非常模糊的凱莉摻雜進了我的人生，儘管如此，我仍認為這一切只不過是平凡而普遍的三年戀情，決定不要讓自己沉浸在感傷之中。我在奎浩的衣服口袋裡還發現過威而鋼仿製藥或射精延遲劑等，據說是製藥公司送來的樣品。他每天在醫院工作，是啊，應該是那樣吧，但為什麼非要帶著這些東西呢？每當有這種想法的時候，我就會想起奎浩獨自去日本的時候，我跟他說多製造點外遇後再回來，我不會介意。先說這句話的人是我，因為我有凱莉，所以我知道奎浩和我其實不能盡情做他想做的事情。我決定不要太天真，我不相信奎浩會一直留在我身邊，一直守護我。沒關係，因為人生原本就無法擁有一切。

因為凱莉——

完全是我自己要面對的。

＊＊＊

平日從不會來過夜的奎浩，氣呼呼地來到了我住的地方。

—怎麼回事？

—我再也不能和那混蛋傢伙一起生活了。

他哥哥一直厚顏無恥地吃奎浩做好的飯菜，奎浩因為醫院的事情忙得不可開交，哥哥就開始耍賴，指責他說竟然敢不做菜。忍無可忍的奎浩生氣大吼了幾句，他哥哥就把冰箱裡的雞蛋扔到奎浩的臉上。聽著聽著，我覺得自己的臉都變燙了，奎浩的肩膀和脖子上彷彿還黏著蛋黃。

—走，叫一輛貨車。

奎浩和我直奔仁川，這段路程，坐地鐵需要兩個小時。他每天為了上、下班，為了來我家，在這條路上一直移動。一想到我們雖然交往了七百多天，但我從未去過奎浩住的社區，就覺得非常抱歉。從地鐵站出來，換乘公車時，突然出現了陌生的熟悉廣告。「一起去吧，柳雪姬，柳雪姬護理學院。聽說上柳雪姬護理學院的話，很容易考上護理大學。」奎浩和我對視，強忍著笑意。

到家後，他哥哥不知道去哪裡吃東西了，破碎的雞蛋也沒收拾，原封不動地留在冰箱前。我叫奎浩趕緊收拾行李，他的行李只有衣服、兩雙鞋子、一臺筆記型電腦，完全可以裝在一個大的行李箱裡。

—就這些嗎？

—嗯，就這些，和我自己花錢買的床墊。

在那個家裡，奎浩擁有的東西好像就是那個程度。正好一噸的貨車到了，我和奎浩的腰都不太好，兩人一面發出呻吟聲，一面將單人床墊裝上貨車。

那天，天空升起冰冷的星星，我們一起坐在貨車狹窄的副駕駛座上，用大腿感受彼此的體溫。我們奔馳在高速公路回家的路上，不是我的家，而是我們的家。亮著路燈的橙色道路像在落淚，感覺一切都要重新開始。

當然，打破這種心情並沒有花費很長時間。在狹小的單人套房裡，奎浩的床墊無論朝哪個方向擺，都很難找到適當的角度，結果只能不倫不類地放在陽臺門前。每次要去陽臺時，都要踩著奎浩的床墊和枕頭等東西經過。奎浩跟我睡同一張床，睡了三天就說我打呼太吵了，然後去自己的舊床墊上睡覺。冷風從門縫裡灌進來，奎浩說開著電熱毯睡覺，身體很暖和，只是鼻子很涼，真是太好笑了。

一起生活沒多久，奎浩就辭去了夜店調酒師的工作。雖然他說是體力撐不下去，不能再這樣了，但可能是因為和我一起生活後，積攢保證金的動機消失了。上班的最後一天，夜店老闆送給奎浩兩瓶香檳，奎浩的朋友們和我的朋友們聚在一起，大家把香檳分著喝掉。

＊＊＊

自從住在一起後，我們經常吵架。這是前所未見的。並不是因為什麼了不起的理由，而是因為生活方式不太相同，發生了矛盾。

我對於晾衣服特別重視，所以衣服在晾上曬衣架之前，不僅多次甩平，防止起皺，晾衣時也保持衣服之間的間隔，還會打開整個房間的窗戶，把電風扇打開對著晾衣架吹。而奎浩只是把洗好的衣服隨便晾起來，真的只能用隨便來形容，甚至把窗戶也關得緊緊的，把家裡弄成了汗蒸幕[43]。那樣慢慢變乾的衣服會皺巴巴的，散發出抹布的味道。不管嘮叨多少次，他都改不了，所以有一次他下班回家，我把我的T恤往他臉上扔去。

—喂，衣服上都是抹布的味道。

—那是從你鼻子底下散發出的味道。

那樣開始的吵架，一定要在一個人大喊之後才會結束……

在職場生活中，每當感到壓力時就會去買東西，這已經變成一種習慣。奎浩也一樣，我主要是購買書籍或小東西，奎浩會戰鬥性地購買衣服和生活必需品。奎浩主張應該把不看的書丟掉、我則認為應該把不穿的衣服扔掉，雙方都沒有妥協的念頭，狹窄的房間裡堆滿了東西。

奎浩不滿意我胡亂擺放東西的習慣，他說所有東西都要有自己的位置，我對他大喊道：「這個狹窄的房間有什麼位置？我走過的路就是位置，這才是真理啊！」吵到甚至兩人都說要分手。

即便恨得想把對方殺死，但轉過頭就沒事了，還互相說著今天晚上吃什麼、明天買菜別忘了買垃圾袋之類的話。雖然大部分的時間都在各自的床上睡覺，但偶爾也會睡在一起，不是做愛，只是輪流讓對方枕著自己的手臂，聞著胸口或腋下的味道，逐漸堅信，這就是戀人的關係。

＊＊＊

我們決定配合彼此的休假日期去泰國旅行，長達一週。

奎浩一直吵著要我確認有沒有遺漏的東西、護照有沒有帶。如果是平時，我一定會發脾氣說不要再嘮叨了，但因為有前科（？），於是就忍了下來。上次準備去日本旅行時，我和奎浩一起去鍾路區廳[44]辦了護照。當時是第一次去海外旅行，現在乾脆假裝成專家。與上次旅行不同，這次從一開始就很順利。Park Hyatt酒店因重新裝潢正預備重新開放，我們得以低價預訂到了，還在備註欄裡開玩笑寫上「蜜月」，當時並沒有什麼期待，但進客房一看，床上放著一瓶香檳和賀卡。再加上我們預訂房間的全自動窗簾故障，經理甚至把房間升級成最高層的套房。一走進兩個房間的寬敞客房，奎浩和

43　編注：指將身體暴露在超高溫中，透過流汗的方式讓毒素排出，是韓國獨特的高溫蒸療烤房型式。
44　譯注：如同臺灣區公所的行政機構，可以處理護照業務。

我便歡呼起來。那天晚上，我們把平時因價格昂貴而無法購買的 LE LABO 香氛沐浴精倒進浴缸，一起喝香檳，洗了個泡泡澡。還在彼此頭上堆著高高的泡沫，拍著瑪麗・安東妮（Marie Antoinette）風格的照片，咯咯笑了起來。趁著酒意，我們把照片上傳到 Instagram 上，兩人喝完一瓶酒，一起坐在浴缸裡，直到手指上的指紋發皺為止。我們穿著浴袍出來，臉變得好燙。躺在床上，我看著奎浩變紅的臉，進入夢鄉。

夜裡沒有做夢，陷入熟睡。夜半醒來時，不知為何，奎浩和我都脫掉了浴袍，赤身相擁。像往常一樣，奎浩一聲不響地被我抱在懷裡，我摸著他長長的鼻尖以及臉頰。可能是因為開了冷氣，感覺皮膚又涼又乾燥。

那天上午我們到處逛街、購物。奎浩說想去傳說中的考山路[45]，所以乘坐水上計程車去了那裡。乘船的瞬間突然下了暴雨，最終溼淋淋地到達了考山路。雨下得好大，渾身溼漉漉，但因為沒地方躲雨，所以用五萬韓元在附近的旅店裡訂了房間。在公用浴室（水泥結構簡陋，只裝了幾根水管的空間）依次淋浴後，我們脫下衣服躺在吱吱作響的床上，然後做愛。看著天花板上巨大的風扇葉片快速轉動，我覺得我們倆好像融為一體，那真是久違的感受。

雨停之後，我們才走到外面，當時太陽正要西沉。我們一邊看著西沉的美麗太陽，一邊喝著啤酒。我們還買了兩件印有小熊維尼的背心穿上。

星期六，我們一起穿著那件背心去了夜店。午夜過後，我們熟悉的歌曲開始播放，是T-ara的〈性感愛情〉。真是好多年沒聽過了。當地人（可能是曼谷的T-ara）一窩蜂地走上舞臺，有條不紊地跳起了群舞。奎浩和我尖叫著互相擁抱對方蹦蹦跳跳。奎浩的臉龐溫熱，心情很好，我們不在乎他人眼光，接起吻來。

我曾經在某個地方讀過一些文章提到，戀人們只要去海外旅行就會吵架，我們也一樣。把目光投向別的男人、抱怨路上塞車得太厲害了，還為了有些早已忘記的原因吵架，互相不說話，但喝酒接吻之後，一切都恢復正常。

因為是假期啊。

＊＊＊

重新回到日常生活，我們依舊因為被賦予的工作以及伴隨而來的疲勞繼續生活著。在泰國買的背心成了家居服，印在上面的維尼熊的臉起了毛球，被濺上拉麵的湯汁

45 編注：位於泰國曼谷的考山路堪稱是背包客的天堂，聚集了全球各地前來遊玩的年輕人，整條路在夜晚會擠滿洶湧人潮，也有許多酒吧和背包客棧。

後，很快變得模糊。雖然偶爾回想起旅行中的記憶時會一起大笑，但大部分的情況是彼此都認為旅行累得要死。不知不覺中，奎浩和我互相把對方當作厭倦的日常，就像汗流浹背反覆的無聊日子一樣。

之後我們經常吵架，也是以前從未有過的。甚至有兩、三次決定乾脆分手。分手期間也曾鬧到分居，我們都各有一次離家出走的紀錄，彼此跟其他男人交往。隨著時間流逝，當厭惡、怨恨、吵架的原因被遺忘時，我們又回到家裡，在沉默中和解，繼續維持關係。分手與和解的界限，也逐漸變得模糊。

* * *

隔年，我們開始上中文補習班。那是我聽到奎浩說他們醫院與中國大型醫療法人進行合作投資，在北京和上海開設醫院的消息後提出的建議。正好我們公司也傳出要派遣中國派駐人員的傳聞。因為在一起的時間一下子減少了，所以覺得把學中文作為興趣，一起做點什麼也不錯。每當課程結束得較晚的時候，我會和奎浩一起坐計程車回家。我們遠遠地望著不同的方向坐著，窗外，首爾的風景緩緩掠過。第一次見到奎浩的時候，這條街被霓虹燈照得燦爛奪目。我想起那時的情緒，無緣無故地噗哧笑了出來。提議報名上課的人是我，但奎浩的進度更快。與背誦能力不好、從小就是漢字盲的我不同，奎浩發揮了他的勤學態度，進度飛快。六個月後，奎浩通過了HSK五級[46]。雖然我沒能通過，但還是申請了駐上海職員的職位。半個月後，我聽到候選名單已經篩選到只剩下我和早我兩年進公司的前輩兩人的消息。奎浩迅速報名了上海醫院的協調員兼室長一職，並順利獲選。據說他們醫院甚至還將支援固定的滯留費用。我們調查了在上海的什麼地方租房子、上海的同性戀夜店在哪裡、物價如何、家具在哪裡可以買到等資訊。前往其他城市並不僅僅意味著物理上的變化，我想透過完美地改變圍繞我們的環境，將奎浩和我的關係和感情延續下去。為了準備就業，在了解簽證情況時，我讀到要想滯留六個月以上，必須在當地接受體檢的條款，並且包含驗血的身體檢查。搜索後，我發現，有幾篇報導指出，中國正在嚴格管制最近迅速擴散的性疾病。

凱莉。

46 譯注：漢語水平考試，由中國大陸所開發的中文檢定考試。

我太貪心了，這三年我已經擁有了太多東西，想要擁有太多東西，本來就會出問題，所以……

第二天，我向組長表明了想法，我說母親患有重病，放棄派駐中國的機會較好。我對奎浩說已經決定讓前輩去中國，奎浩回答說那他也不去，反正這裡也有很多醫院會讓他去上班。我一如既往地給了奎浩最合適的回答。

—當然要去了，為什麼放棄那麼好的機會不去？你必須去。

奎浩沒有回答。

＊＊＊

接下來的兩個多月，我們過著和平日一樣的日常生活。互相開玩笑，大笑和接吻，把魚肉剔好放在彼此的湯匙上，偶爾一起洗澡，那段期間，奎浩訂的行李箱也送來了家裡，他的物品也就此離開抽屜裝進了行李箱。雖然有過短暫、依依不捨的心情，但我並沒有想過要跟奎浩一起走，因為我知道這種激動不過是一剎那的感覺。夜晚的結束和太陽的升起是相連的，現在這種激動的情緒，就意味著我們終於要完美地結束了。

我們在同一間房子裡睡覺的最後一個晚上，我看著奎浩先睡著的臉。像往常一樣睡得極沉的奎浩，你為什麼睡覺時不會發出任何聲音？彷彿隨時都是在察言觀色小心翼翼，彷彿不管住多久都像是寄居在別人家一樣。那是我的錯還是你的錯，或是我們其實都很無奈。

奎浩出國那天，我和他一起去了金浦機場。托運了一個巨大的行李箱和一般行李箱後，離出發時間還剩下一個小時左右。奎浩說他肚子餓，所以我去麵包店買了他喜歡的雜菜可樂餅和牛奶。他問我不吃嗎，我搖了搖頭。他肚子餓，咬了一口可樂餅，問我：

—你會等我嗎？

—聽說和當地人談戀愛的話，外語會進步得很快。

—你為什麼總是笑？很好笑嗎？

—我本來就愛笑。

—我們現在要分手了嗎？

—別再問了，現在也沒什麼好在乎的了。

—即便沒有我，也沒什麼好在乎的嗎？

奎浩把吃過的可樂餅扔到我手裡，然後帶著不知道是哽咽還是憤怒的表情，迅速站起身來，向出境門走去。他的體格雖然像座山一樣，但走起路來就像生氣的小學生。他平常是個沒有情緒起伏的人——可能是因為我沒有給他任何他想聽的答案吧。我靜靜地看著奎浩漸行漸遠的背影，然後轉過身去。

平日上午的機場鐵路，異常冷清，窗外只有灰色泥灘和只剩樹根的乾枯農作物無止盡似的蔓延至遠方。我呆呆地看著，突然意識到這裡是仁川。「提起仁川，當然是想到柳雪姬了。」我突然想起奎浩的聲音。一起去吧，柳雪姬，柳雪姬護理學院。我像個瘋子一樣自言自語叨唸著歌曲，忽然覺得不好意思，環顧了一下周圍，我是唯一沒帶行李的人，只剩下已經冷掉的可樂餅還握在手裡。我靜靜地望著奎浩長牙留下的咬痕，突然想聽歡快的歌曲，最好是凱莉．米諾或T-ara的歌，偏偏手機沒電了。每當這個時候，奎浩就會拿出充電器。僅此而已嗎？每天早上會幫我準備藥和水、嘴唇裂開時會遞潤唇膏給我、在我房間裡掛上遮光窗簾、幫我抓癢、比我先進入浴室把空氣變暖的人，只有你，所以其實我……我非常需要你……奎浩啊！望著窗外不斷模糊的風景，我走向首爾，走向我非常熟悉的大都市。

遲來的雨季假期

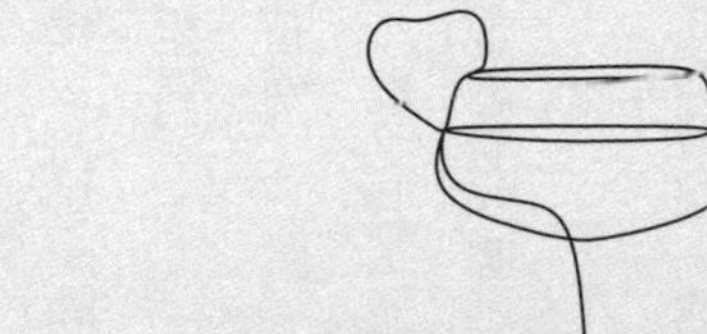

昨晚乘坐Uber到達他告訴我的場所時，我有點驚訝，因為原本心想是單純的大型購物中心，但實際上是Park Hyatt酒店。

我忘了。

直到走進大廳的那一刻，我才意識到我已經忘記了。

與去年這個時候完全相同的杏色大廳設計、看似高級卻有著廉價感的螺旋形吊燈，以及不會發出腳步聲的深栗色地毯。向我做著自我介紹，說明自己是經理的法國人，當我看見他穿著同樣的衣服站在同一個位置時，我笑了。這裡正是當時的那棟建築，我不知道當時的那個地方和現在的這個地方是否完全一樣，但是，回首前塵，當時的我和現在站在這裡的我，心情已經完全不同，模樣也完全相異了。

經理稱我為Mr.Park[47]，並與我握手。我被意想不到的款待嚇了一跳，臉上露出了靦腆的微笑。我記起他帶有法語口音的英語、他夾在我們護照上的名片。當他問我一起來的人過得怎麼樣時，我只是微微一笑。我擺出沒有什麼奇怪或尷尬的姿勢，盡量清楚地說出三十樓的房間號碼和哈比比的名字。

房門打開時，我有些驚訝。因為比起第一次看到哈比比的時候，他此刻的臉顯得特別疲憊和蒼老，更讓我驚訝的是，我太熟悉這個房間的結構。有時對空間的記憶比對人或趣聞軼事的記憶還要更清晰。半開的自動窗簾以及散發著全新氣味的布沙發，還有黑色大理石的分離型浴室。這是和我一年前住過的房間一樣結構的套房。

哈比比把手放在我的肩膀上，我們簡單地擁抱了一下。我對他的了解不多。在美國大學專攻經濟的金融家，在Tinder[48]上雖然是三十九歲，但實際年齡卻比這個大很多。他喜歡穿正式西裝，甚至還會單獨繫上領帶夾和袖釦，戴著勞力士手錶，把各種貨幣放在路易威登長款錢包裡。然後，十月底，度假時期的尾聲，我沒有什麼特別的事想做的時候，把我叫到了這裡。

我對自己可能也不太了解吧。幾個月前的我也沒想到三十二歲的我，會在十月底，這個雨季的尾聲去度假。

這一切的開始，都是因為奎浩。

* * *

47 編注：本書四篇小說皆採第一人稱，未寫出完整姓名，但提及名字皆為作者名中的「映」，而作者的姓氏英文拚音為Park。

48 編注：創辦於二〇一二年的手機社交應用程式，帶動了約會軟體的風潮，向左滑表示不感興趣，向右滑代表有興趣，只有雙方互相表示感興趣才能開始聊天。常用於約會與一夜情，亦帶有社交平臺的性質。

奎浩離開後，我做的第一件事情就是把床扔掉。

直到不久前，我狹小的套房裡還放著一張稍大的單人床和加大雙人床尺寸的丹普（Tempur）床。再加上兩個書架、一張書桌、冰箱，房裡幾乎連落腳的地方都沒有。稍大的單人床墊是奎浩搬進我家時帶來的，是不久前傳出含有致癌物質而成為話題的品牌產品，我確認過床墊底端確實貼有太極標誌。想起奎浩說越睡越覺得腰疼的那張扭曲的臉，我總是忍不住笑出來。丹普床則是我剛成為作家時，父親以我的腰部不好為由送給我的禮物。當時經濟不景氣，父親卻像章魚腳一樣擴張事業，錢包裡塞滿支票，甚至厚到無法闔上。他到處花錢，渾身上下散發出不祥的氣息。果不其然，不到一年，他就因為簽訂假合約以及貪汙、逃漏稅被揭發，目前正在逃亡中。

這裡好像撒了醬油。

我獨自扔掉含有致癌物質的床墊，想起和奎浩一起吃壽司的時候。那天應該是有什麼值得慶祝的事吧，我們點壽司吃的日子大概都是那樣。

奎浩坐在床上吃壽司（像往常一樣），卻碰翻了盤子，我趕緊用衣角擦掉醬油。雖然只是一剎那間發生的事情，床墊還是留下了痕跡。

當我意識到自己的腰不好，無法獨自揹起稍大的單人床墊時，一切都已經晚了。

好不容易把床墊扛到回收場，我的腳尖已感到麻麻的神經痛。回到房間後，看到電視上報導製造商將無償回收發現致癌物質床墊的新聞，腰部的疼痛，也仍然沒有消失。

要重新回到過去，已經太晚了。

＊＊＊

與奎浩分手後做的第二件事，就是遞交辭呈。

奎浩離開後，我被調到經營支援組。雖然說得很好聽，是什麼經營支援，但我的工作就是買紙巾、拖把、螢光筆等各種亂七八糟的東西，發給公司各部門。這些事情只要能算數，小學生都能做，所以對於像我這樣沒有能力、沒有慾望的人來說，這個位置正合適。從公司的立場、從我的立場（可以不上夜班這一點）來看，也可以說是令人滿意的決定。但是我每天都會感到無來由的憤怒，只希望上班時不會討厭任何人，好好結束這一天。我在新辦公室裡也不擅與人交際，只想成為一隻毛茸茸的靜物，沒人注意到我就好。雖然，以前上班的時候也是這樣，但這回一定要堅持好好做下去。這樣堅持下來之後，原本三十二吋的腰圍增加到三十六吋。後來晉升為代理，不得不去大尺寸的購物網站買衣服。我的身體、心情都越來越沉重。

奎浩離開後，早上起床對我而言變成了一件困難的事。我開始偶爾遲到，沒刮鬍子或洗臉的事情不計其數，也曾經褲子拉鍊沒拉上或扣錯襯衫釦子就去上班，一直到下班後才發現。刮鬍子、剪指甲、刷牙等自我清潔的習慣變得極其奢侈。我的外貌看起來可能有些放蕩不羈，但是在小學、中學、高中的十二年間從來沒有遲到或缺席過，外出前總是洗澡，幾乎算有輕微強迫症。所以如今的情況對我來說，真是非常特別的經歷。我把桌上的東西一天拿回去一個，當所有的東西都整理好的時候，遞交了辭呈。沒有什麼非常興奮、激動或暢快的心情。

事實上，早已厭煩了一切。

＊＊＊

與奎浩分手後，做的第三件事，就是坐上飛往曼谷的班機。

按照最初的計畫，在離職金[49]還沒花完的這段時間裡，我應該要過著極其優雅的生活。十二點到八點睡覺，喝咖啡，每天運動三個小時，學吉他，拚命讀書，寫文章，慢慢花錢。但事實是，當我睜開眼睛，總是不知道現在幾點、太陽已經升到哪裡了。我完全失去了日常的節奏。剛開始還會感到浪費人生的一絲罪惡感，隨著時間的流逝，我覺得自己已經什麼都不知道了。我決定只要還有錢花，就如此過完餘生。我就這樣躺在房間裡，躺在我的丹普床上，我意識到，啊，這真的是既柔軟又完美的死亡狀態，連厭倦都可以感到厭倦。於是拿起手機打開平時根本不用的Tinder。希望能釣到誰，把我從這個如同棺材一樣的床鋪上拉起來，把我拉出這個腐爛的日常生活之外。我以更換全人類的氣勢按下了Like按鍵，結果好不容易和其中某個人匹配上。發出「現在碰面怎麼樣？」的訊息後，我才從床上站起來，決定至少為了一場不太好的性愛出門。

和他配對純粹是個錯誤。

穿著西裝的照片，只露出部分身體，三十九歲。我覺得哥倫比亞大學經濟學系畢業的簡介實在太好笑了，為了仔細察看，按下了他的簡歷。我很好奇他到底是不是瘋了，才會把臉孔藏得嚴嚴實實，卻寫明了畢業的學校——常春藤名校。他的名字叫亞歷克斯，是新加坡裔馬來西亞人。喜歡的書是凱恩斯的《僱用、利息及貨幣的一般理論》。喜歡的藝術家是巴哈和拉赫曼尼諾夫？是啊，應該是那樣吧。不知是不是因為頻

---

49 譯注：按韓國相關規定，任職超過一年，公司在員工離職時會支付一筆離職金。

繁的海外出差，他把在各個國家的滯留日程安排得非常繁瑣。我在他可疑的簡介中翻找，不知不覺間按下 Super Like 按鍵。我們配對成功後，便收到了他傳來的訊息。「現在能來飯店嗎？」我大概想了三秒鐘，回答說可以。他告訴我四季酒店的客房號碼，我沒有想過要盥洗，而是穿著代替睡衣的運動服，戴著帽子，去了酒店。我在前臺感受到職員的可疑目光，敲了他告知號碼的房門，其實我毫無期待。無論我如何想像，都已經做好一定不如想像美好的心理準備，因為這就是人生。

在他房間洗澡的時候，突然想起我有整整四天沒洗澡了，原來頭皮癢到極點會痛啊，我覺得很好笑。

和他的性愛不好也不壞。燈光調得暗淡，房間比想像中寬敞，他的脖子散發出 TOM FORD 皮革香水的味道。只是覺得洗澡後什麼都沒擦的臉非常緊繃。

在他進入浴室的時候，我翻了他放在床頭櫃上的路易威登長款錢包。為了以防萬一，我用手機拍下他的身分證。年齡是四十多歲，在本國的名字是哈比比。果然是隱瞞了年齡。中國人民幣、港幣、泰國泰銖和不知是哪個國家的貨幣。他是從事經常海外出差的職業嗎？因為有幾張面值五萬韓元的紙幣，本來想偷走，但最終還是放棄。有時我會變得很不道德，連我自己都感到驚訝。

他腰部纏著浴巾走出浴室。我沒有做錯什麼大事——我沒偷錢，卻無緣無故地心虛而躲開他的眼睛。他出神地看著我蜷縮著的樣子，目光好像變成了野獸。

—用韓語發音的「支配清塞」是什麼意思？

—啊？那是什麼意思？

—飯店外面一直有這樣的聲音，這是示威隊伍一直吶喊的話。

—會不會是……積弊清算？

—嗯，好像是。

我不由自主地、失禮地大笑起來。笑到肚子疼，這才意識到好久沒這麼大笑過了。最後一次笑，是什麼時候呢？

—這句話有其他意思嗎？

—不是的，不是那樣的……

不知道用英語怎麼解釋，於是閉上了嘴。我們之間再次出現了尷尬的沉默。哈比比露出專心思考的表情，突然問我：

—要一起去曼谷嗎？

＊＊＊

當初奎浩和我預約的房間類型是King Bed Room[50]。Park Hyatt酒店那時處於重新裝潢的最後階段，幾個附屬設施尚未完工，算是處於臨時開放狀態，住客當然不多。奎浩在必須做出決定的時候，總是會陷入恐慌，於是由我直接決定了預算、機票、酒店、旅行期間等所有事情。在一百五十八萬韓元的住宿費中，我支付了七十八萬韓元，奎浩支付了八十萬韓元。當時（或許在任何時候）對我們來說，其實是相當奢侈的金額。雖然用我的卡結算時非常心痛，但當時我相信我們有充分的理由，我們迫切需要休息。

到達二十一樓客房後，我們立即將背包扔在地板上，連鞋都沒脫，並排躺在床上。飛行時間不算短，疲勞感撲面而來。奎浩伸出一隻手，輕輕撫平我眉間的皺紋，我則伸出了舌頭，奎浩沒有洗過的手掌是鹹的。我們並排躺著，看著環繞我們的玻璃窗。透過窗戶俯瞰著花園寬敞的豪宅，與其說那是某人的家，以規模來看可以說是主題公園，顯得非常雄偉和整齊。看了那個宅子好一會兒，覺得該睡一下，於是把鞋子和衣服脫掉。奎浩鑽進我的胸膛，一股熟悉的味道從他頭上傳來，也許我身上也有類似的氣味。我按下關閉窗簾的按鈕，光線慢慢地消失。正要閉上眼睛，卻有種奇怪的感覺。我發現窗簾沒有完全闔上，光線一直從縫隙中鑽進來。我光著腳走到窗邊，發現窗簾導軌中間被切斷。

—啊，什麼呀？你看這個。

—還是睡覺吧。

—不，你看看這裡嘛，窗簾無法闔上關緊。

—睡一會兒吧。

—這樣的地方怎麼睡啊。

我打電話給前臺說窗簾好像壞了，奎浩把枕頭反蓋在臉上，喃喃地說又開始了。行李員上來檢查窗簾導軌，馬上就報告了經理。他是法國人，一名穿著西裝的中年男子。經理以親切的態度表示，因為是臨時開業階段，所以好像有不完善的地方，會幫我們做房間升等。我把這件事告訴奎浩，奎浩露出他慣有的無精打彩的微笑。經理親手把我們的背包扛在雙肩上，他那筆挺的西裝和我們的破舊背包非常不搭調。我們像兩隻倉鼠一樣跟在他後面。他放下我們背包的房間是頂樓的房間。他遞上新的房卡，確認了我的名字，還介紹了這間房間的類型，奎浩說房間的名字不知為何讓他覺得像RPG遊戲的終結者名字。經理說為了表示歉意，邀請我們參加從九點開始舉行的

50 編注：指只有一張加大尺寸的雙人床的房型。

頂樓酒吧的酒店開幕派對，酒精飲料免費。我盡量努力看起來像受過良好教育的人，回答有時間就去。房門一關上，我們擁抱著尖叫起來。這個房間真的非常寬敞、非常棒。我從奎浩的背包前袋拿出我們的護照和兌換外幣的信封。護照套上畫著小企鵝啵樂樂——奎浩那時戴著厚重眼鏡，眼睛變得像點一樣小，所以我幫他取了這個外號。我的臉比較大，鼻孔比較清楚，所以是卡龍[51]。接著，啵樂樂和卡龍的護照和外幣信封被收進鋪著黑布的保險箱。

奎浩生平第一次申請護照，我為此和他一起去了鍾路區廳。他正苦惱要怎麼標記英文字母，我代替他寫了「Q Ho」，奎浩高興地說記住字母應該很簡單，我在奎浩的耳旁說道：

—這是Queer Homo的縮寫。

—你想找死嗎？

奎浩英語說得不好的程度簡直讓人吃驚，與此相比，他的中文和日語等東洋語言則學習得非常好。我和奎浩正好相反，高中時，我認真回答了所有漢文考試的問題，但只考了三十分。漢文老師把我是倒數第一這件事告訴了全校學生，所以有一段時間我總是覺得十分丟臉。但即使如此，我也看了《六人行》、《威爾與格蕾絲》、《慾望城市》等電視劇，英語還算不錯。奎浩的故鄉是島嶼，我曾懷疑他的親戚中有沒有日本人。奎浩的牙齒排列非常獨特，有著窄下巴的人特有的微妙漏音，我一直覺得那很可愛。

那天晚上我們為了幫對方挑選衣服而興奮不已，就算是放在背包裡的衣服，其實也只有泳裝兼用的短褲和幾件在H&M買的六千韓元的無袖T恤，所以在其中盡量找出看起來不是那麼便宜的衣服。不管怎麼說，還是有領子的衣服比較好，所以我們決定穿上顏色不同的棉襯衫和牛仔褲，以及看不到腳趾的運動鞋。

乘電梯上了三十樓，耳朵都快震聾了，因為幾乎聽不見，所以只好用手指捂住鼻子呼氣。

電梯門打開，真的正在舉行一場派對。穿著西裝、戴著方巾、塗著髮油，把頭髮往後梳的男人們，以及穿著露肩禮服、化著濃妝的女人們……分辨不出國籍的DJ正在播放音樂。卡地亞手鍊、百達翡麗手錶、梵克雅寶項鍊和愛馬仕皮鞋在我們之間穿梭。我們向走近的服務人員說出房間號碼，詢問應該坐在哪裡，對方回答說是無座位制的派對，歡迎隨意走動。奎浩站在幾乎是二層樓高的DJ臺前，摸著DJ的器材和重

51 編注：卡龍是從啵樂樂撿到的恐龍蛋中孵化出來的小恐龍，把啵樂樂視為自己的哥哥。無論啵樂樂去哪裡，他都會跟著。

低音喇叭，表現出極大興趣。我帶著奎浩去了窗邊，並肩坐在表面光滑的皮沙發上，欣賞曼谷耀眼的夜景。他拿著沒有標示價格的簡易菜單，喝了名為Motorcycle的雞尾酒。杯子的邊緣沾有鹹甜的香料，我伸舌舔著喝，酒變得更容易入喉了。這麼好喝的東西竟然是免費的，我們有點興奮，點完了菜單上的酒，托威士忌酒基調的雞尾酒之福，我們瞬間就醉了。有的雞尾酒有青草味，有的有甜味，有的有苦味，有的……結果什麼酒都不重要了，我們看著彼此紅得像要燒焦的臉，扶著滾燙的額頭，反覆舔舐杯子邊緣的香料。就像回到很小的時候舔冰淇淋一樣，望著彼此舔著長長杯子的模樣，只覺得好笑，也只能繼續笑。包括我們在內，所有人都在笑，隨著酒意，一切都變得美好，我們互相擁抱著夜晚的空氣，那總是模糊的曼谷夜景，那熾熱而溼潤的空氣，我們彷彿又成為了五歲的孩子，盡情享受這一切。

＊＊＊

和奎浩分手後，我出了一本書。

與奎浩交往的時候，其實就開始寫些東西。我下班回家後，隨意把襪子脫掉，就會坐在書桌前寫作。奎浩上完補習班回家，總是會將我的襪子放進洗衣桶，然後嘆口氣。接著，他會幫毫無理由發脾氣的我端來一些甜食，他說如果要平息怒氣的話，沒有比甜食更好的選擇了。然後他會坐在床上和哆啦A夢玩偶對視，說這樣的話。

—不得了的大作家來了，是吧？

我會找藉口躺在床上，說「今天的工作都被你搞砸了」。奎浩會用無名指輕輕撫平我眉間濃密的皺紋，聞到他手裡泛出的味道，我會開玩笑地咬奎浩的手指，奎浩則假裝很痛（可能真的很疼）。每當我寫不出自己想要的作品時，每當感受到世界上有著似乎可觸及又無法觸及的東西時，奎浩就會買日式咖哩飯和蓋飯之類的東西給我吃。

—怎麼吃這麼少？

—那個，奎浩。

—嗯。

—我……不喜歡咖哩。

在我的小說裡，奎浩死了好幾次。

喝農藥、上吊、出車禍、劃手腕……

奎浩成為了異性戀男人，又成為同性戀，還成為女人，成為孩子，也成為了軍人……總之，他幾乎成為了人類可以變成的一切，最後還是死了。

他在死亡的狀態下成為我心愛的對象，成為回憶的對象，成為夢想的對象，最終只成為對象。我記憶中的奎浩總是冰冷地凍結在完美的時光中。

就這樣，奎浩和我的記憶也被壓在玻璃之下，安全、高貴地保存了下來。

永遠變成兩個人。

＊＊＊

有時候，我覺得好像一切都是我的錯，有時候，又無緣無故地覺得一切都不公平。這就是每天早上我睜開眼時最先想到的事。很明顯地，毫無邏輯的胡思亂想已占據了我人生的所有時間。我是在奎浩離開之前還是之後開始這樣胡思亂想的呢？我看了看手錶，發現已經過了中午，早上的時光已然消逝。

昨晚和哈比比一起去了當時的頂樓酒吧。當時沒有開放的頂樓也全部開放。我們坐在露天酒吧邊緣的桌子上，伴著星光，點了一瓶香檳分享對飲。這次我準備了襯衫和棉褲之類的東西，因為天氣很冷，所以要求服務生給我一條毛毯。哈比比看著肩膀上圍著毯子發抖，卻無法放下香檳杯的我笑著。我也只能偶爾看著他。我們的國籍和世代都沒有共通之處，所以對話很快就中斷了。我問哈比比在美國的大學生活怎麼樣？（從經驗上看，跟精英們說話時，沒有比這個更好的問題了）哈比比的回答很簡短。

—很激烈，很孤獨。

—是嗎？

—因此花了三年就拿到學士學位後，立即回國，進入了香港的國際投資銀行（果然是精英特有的隱約炫耀和適當的自嘲混合在一起的回答）。

—在投資銀行上班時，為了抑制自己的情緒，我得了胃炎、偏頭痛、壓力性失眠症。然後有一天，黑暗降臨了。

—什麼意思？

—正如字面那樣，黑暗。前面總是一片漆黑，我去醫院檢查，說是沒有原因。所以整整半個月都待在家裡。人生熄燈後，奇怪的是，我發現我對自己一點都不了解。我喜歡什麼？我的房間是什麼樣子？以什麼方式生活？休息的時候到底要做什麼？我究竟要做什麼才能再次讓燈亮起來……人生第一次沒有明確的指標和藍圖，所以感覺自己陷入了極度無能的狀態。

—原來如此。

對我來說，相當能夠理解他的心情。我非常清楚繁重的工作、壓力會對人的生活產生什麼樣的影響，但是看不到前方的狀況有點太戲劇化了。我不喜歡這樣過度沉重的對話方向，急忙又想出了一個輕鬆一點的問題。

—在那個地方，沒有和男人交往過嗎？

哈比比輕輕地微笑，點了點頭，並補充道：

—聽說在阿拉伯語中，我的名字意思就是愛。

他的嘴巴蠕動著，好像還要說什麼，但沒說出口，只是喝了一大口香檳。是和阿拉伯男人交往了嗎？不知為什麼，我想起了濃密的體毛或睫毛等意象。但是這個男人是不是從CIA來的？他對每個問題都沒有好好回答，反而只留下疑團。我在心裡想著，應該也沒有什麼了不得的事情吧。哈比比問我：

—你的名字也有涵義嗎？聽說韓國人的名字都有涵義。

—在高處發光。爸爸花錢請人取的名字。

—像星星一樣？

—像核彈一樣（Like a nuclear weapon）。

即便這是十分無趣的玩笑，哈比比還是發出咯咯的笑聲。在昏暗的燈光下，他低著頭，神情顯得十分疲憊。雖然突然產生無論如何都該安慰他的想法（實在不太像我的作風），但很快地，我覺得這可能只是出於自憐的情緒吧。我們喝了很多酒，然後又搭乘電梯下樓。我看著他後腦勺上結著小塊的髮油，然後走向客房。我和奎浩住過的房間，現在是我和哈比比住的那個房間。

＊＊＊

我被洗手間傳來的巨大破裂聲吵醒。怎麼回事？我發現自己喝了比想像中要多的酒，竟然連衣服都沒換就睡著了。我拖著沉重的腳步，走到客廳的洗手間。一拉開門，就看見抱著馬桶的哈比比。不知道他是打算在馬桶裡嘔吐，還是抱著馬桶睡覺，總之看起來非常奇怪。幸運的是，沒有看到嘔吐物，但馬桶出現了一些裂縫。難道他是想扶著馬桶站起來嗎？酒店會不會向他要求巨額的維修費？對他來說，破裂的馬桶價格應該也無關緊要了吧？我把他像溼白菜一樣的身體扶了起來，他的臉上沾滿了不知是汗水還是眼淚的東西。難道他在這裡哭著睡著了嗎？掉在地上的手機，螢幕已摔出裂痕，但仍清楚呈現了他與一個名為「露」的人的對話。這個名字可以是男人的，也可以是女人的。讀了他（或她）用英語和中文交雜的對話內容，雖然不是很清楚，但內容好像是家人中有人得了癌症，希望他盡快回家。從使用的名詞和名字來看，好像是香港出身的妻子（或丈夫）。總之，他果然是有家室的人了。我用不怎麼結實的腰部，拉起不算矮小的哈比比，讓他躺在床上。看到哈比比以大字形躺在我躺過的地方，心裡有股異樣的感覺。我把哈比比身上仍然穿著的西裝脫掉。Hugo Boss 的內衣、Burberry 內褲、Missoni 的襪子。天啊，這完全是出身常春藤名校的四十多歲大叔的品味，這一切的陳腔濫調讓我的身體一下子洩了氣。

他為什麼要把我叫來這裡？

* * *

起床一看，哈比比在床頭櫃留下一張紙條，他說要去參加會議，深夜才能回到酒店。餐桌上擺著一個吃剩的客房用餐盤和五千泰銖。整理房間的小費不會給這麼多，大概是讓我用吧。我把錢放進口袋，啃著像是減過肥的瘦弱雞腿，都涼掉了，不好吃。我查看盤子裡的收據，發現價格是兩萬韓元。衡量了這裡的物價和雞肉的品質，價格算是相當昂貴。我坐在沙發上揉腿，是血液循環不順暢嗎？我又不是老人。

下午，我去十樓的戶外游泳池曬太陽、游泳。一對白人男女在我旁邊瘋狂地濺水玩耍，三個隨處可見的中國人躺在日光浴床上。我經過時，聽到了他們低聲用中文說「肥胖的韓國人」，你們以為我聽不懂吧？原本想大笑，好不容易才忍住。

提議學中文的人是我，但堅持學完課程的則是奎浩。奎浩只是很難做出決定，但他具有一旦下定決心就會貫徹到底的卓越資質。奎浩從來沒有遲到或缺席，把講師要他背下來的名詞全部都背了下來，並堅持聽會話錄音。我覺得很神奇，那麼努力的人為什麼會在讀高中的時候退學了？本想問他原因，但覺得這對奎浩來說，可能是一個非常重要、致命的問題，所以沒問。

沒想到那時候大概學了一下的中文，竟然會這麼有用，果然人生沒有無用之事。我潛到水面下，欣賞著白人們削瘦的腿。

游完泳後，簡單洗了個澡，然後逛了酒店樓下的中央商場。可能是因為游泳，所以有點餓了。最終衝動地進入二樓的PRADA賣場旁邊，一家名為Paul的麵包店。看到寫滿法語和泰語的菜單後，點了帶有橄欖和墨西哥胡椒的麵包以及拿鐵咖啡。麵包比預想的更辣，鼻子酸溜溜的。堅持說韓國菜最辣的族群到底是哪些人？我用餐巾紙擤鼻涕，發了訊息給哈比比。

我游了泳，吃了午飯。工作還順利嗎？你的核彈。

他馬上回信說會議可能會延長，而且英國大使館邀請他用晚餐，所以得很晚才能回到酒店。他反覆表示歉意。

對不起什麼？這簡直太好了。想著要怎麼回答，後來傳了訊息是「沒關係……那也是沒辦法的事……」。在名詞之間加了很多點，表現出略帶遺憾的語氣。然後又喝著拿鐵，打開手機裡的Tinder，開始滑起手機。這個人是朱拉隆功大學畢業的，這個人是泰國法政大學，主修設計，是華裔，混血兒，二十七歲，四十歲……與不認識的男人配對成功的訊息開始堆積起來。我想著如果這些都是錢就好了，就這樣看了半天附近的男人，突然問對一切都感到厭煩，於是關掉手機。

乾脆去商場隨性消費怎麼樣？直到刷爆信用卡的最高額度為止。

我從咖啡廳出來後，參觀了商場的其他樓層。雖然參觀了Nike、YSL、Coffee Bean、Vivienne Westwood、Zara、Roberto Cavalli和Versace，但沒有任何想買的東西。即使乘坐電扶梯上去，也找不到值得購買的東西。就這樣到達高樓層時，突然發現了熟悉的招牌。

元進整形外科（Wonjin Beauty Medical Group）。

—啊，終於出現可以治好你不舒服的地方。

奎浩那麼說的時候，我怎麼回答的？（像平時一樣）罵人嗎？（像平時一樣）偷偷摸奎浩的老二嗎？所以又吵吵鬧鬧的嗎？有可能那樣，也有可能不是那樣。最近完全無法相信我的記憶。

在這裡右轉，轉頭的話也許有……

拋棄式隱形眼鏡專賣店和珠寶店。

＊＊＊

我們去年此時去了同樣一家彩色隱形眼鏡門市，因為前一天晚上在夜店跳了整夜的舞，奎浩興奮地搖著頭，一側的隱形眼鏡竟然弄丟了。奎浩的視力很差，門市裡的庫存只剩下一個度數相同的鏡片，但卻是瞳孔放大片拋棄式彩色眼鏡。「喂，決定好了嗎？」奎浩回答說，與其戴度數不甚符合的鏡片，他寧可選擇瞳孔放大片拋棄式彩色眼鏡。聽說用現金結帳可以打八五折，我翻了一下錢包，發現泰銖不夠，正好還剩下一些韓元，所以搜索了附近的兌換處，發現同一樓的珠寶店以十分優惠的匯率兌換外幣。我在兌換處用韓元換了一些泰銖，然後被Zara的模特兒身上穿著的夾克吸引，於是又走進賣場買了下來。後來回到隱形眼鏡的門市時，我真的笑翻了。因為奎浩已經打開隱形眼鏡的包裝，戴好了鏡片。他的眼珠平時看來像被眼皮遮住一半，只是看起來很疲倦而已，但此刻他的眼珠變得好大，簡直就像吸毒犯或日本漫畫中的偵探兔子角色[52]。奎浩眨著亮亮的眼睛斥責我。

—為什麼現在才回來？我如果等你等到死掉，你心裡會痛快嗎？

---

52 編注：作者此處應是指日本《搞笑漫畫日和》中的偵探兔子角色「兔美」，每當有緝凶靈感的時候，兔美的目光會變得犀利。漫畫中的「熊吉」則是兔美的搭檔。

—對不起，太好笑了，一時說不出話來。你好，兔美。

—熊吉！你又買了什麼？

我從購物袋中拿出夾克給他看，奎浩嘆了口氣。剩下來的錢剛好付清了隱形眼鏡的費用，奎浩將隱形眼鏡放進（無論在韓國還是在泰國）一直背著的腰包裡。眼睛變大兩倍，雙眼炯炯有神的奎浩，就這樣和我走出中央購物中心。他在google地圖上輸入事先找好的藥店地址，從酒店到那裡只需二十多分鐘。

在藥店附近的車站下車後，我代替方向感混亂的奎浩找到了正確的道路。原本以為藥店會在僻靜的地方，結果卻位在大馬路邊，賣場內部也與其他藥店沒有什麼區別。我把從網路搜到的仿製藥照片給藥劑師看，一個不知道是藥劑師還是店員的男人拿了一盒藥給我們，用英語說明了服用方法。他說，每天同一時間吃一顆，就可以完美預防疾病。完美？你怎麼能如此確信？他還補充說，在有安全疑慮的性關係前吃兩粒，每二十四小時吃一粒，總共再吃兩次藥的話，就能完全預防感染。我在手機記事本上記下了服用方法，想著如果七年前的我知道這些事，會有什麼不同？

過著和現在很不一樣的人生嗎？那個人生是什麼形態呢？是更好，還是更不好呢？還是和現在沒有兩樣……我反覆想著，最後停止了思考。我們購買了三盒仿製藥和一盒液態威而鋼。雖然不到二十萬韓元，但聽說用現金購買的話可以打九折，所以我們又付了現金。就這樣，感覺一天之內好像花了很多錢，所以我們趕緊回到酒店。我們把在免稅店買來的伏特加和從便利商店買來的金桔果汁混在一起喝，一直躺在游泳池裡，直到日落。

第二天早上起床時，我們看著彼此腫脹的臉，不禁笑了起來，可能是因為兩人連夜吃光了鹹餅乾和一瓶伏特加吧。奎浩半閉著眼，拿來了藥片和水。我把一顆藥放進奎浩的嘴裡，另一顆藥放進我的嘴裡。

—讓凱莉也休假。

—嗯。

我們在鏡子前並排刷牙，在大淋浴間一起洗澡，然後趕緊走出酒店，因為覺得再磨磨蹭蹭的話，可能又要睡上一覺了。我們開始漫無目的地走在街上。

—我們要去哪裡？

奎浩對我說想看看大海。在海邊生活了二十幾年，難道還有需要看的大海嗎？大海不就是大海嗎？我抱持這樣的想法回答。

—大海非常遠。

—為什麼？這裡是泰國欸，四周不都是大海嗎？

—普吉島或者蘇梅島什麼的才是，這裡是曼谷，跟首爾沒有什麼兩樣，到海邊得花很長時間。

—曼谷也是陸地啊！

奎浩是我有生以來所見第一個在口中說著陸地的人。我們剛開始交往的時候，問他為什麼來首爾，他這樣回答。

—來陸地是我的願望。

陸地？願望？這句既像戰後世代又像脫北者才會說的話，讓人有些發怔，我也不由自主地大笑起來。

—笑什麼？

—什麼嘛，方言真好笑。

—別笑。

—對不起，那你現在的願望是什麼？

—願望……這個嘛，賺很多錢，還有……

—還有？

—和你一起走在凌晨的路上。

—呃……

我誇張地搔著手臂，輕輕挽住奎浩的手臂。如果是平時，也許根本不可能，但既然那是他的心願，也沒有什麼做不到的。那年凌晨的梨花十字路口連瀰漫的微塵都令人感覺疼痛，我們彷彿是在一切都滅亡的反烏托邦中最後的倖存者，走回了家裡。可能是因為酒喝得太快，每次邁步的時候都有酒醒的感覺，但還好是和奎浩在一起。因為我們很快就要回到那破舊不堪的房間，在沖水不順暢的馬桶裡撒入充滿酒味的尿，然後脫掉衣服洗澡，開著電風扇，和奎浩貼在一起。因為就剩我們倆了。

真不敢相信，就這樣開始交往，已經過了兩年。當時的那份悸動讓我莫名懷念，所以偷偷摸了奎浩的手肘。這是奎浩來到泰國後，以燥熱為由，在戶外允許我接觸他身體的範圍。奎浩的手肘像往常一樣僵硬乾燥，他那亮晶晶的眼睛朝我這邊瞥了一眼，問道：

─我們現在做什麼？

─我們就別去大海那邊，去河邊走走吧？這裡也有像漢江那樣非常大的河。坐計程車二十分鐘就能到湄南河，再從那裡坐船，很快就能到考山路。

─是啊，我也聽說過，考山路。我們就去那裡吧。

我們直接搭乘計程車駛向碼頭，交了七百多韓元，乘坐冒著黑煙的水上計程車。在這裡，水上計程車可能是非常重要的大眾交通工具，穿著校服的學生和眾多上班族蜂擁而至。我們的心情好像坐遊覽船一樣，並肩坐在一張橘黃色的塑膠椅子上，椅子比我們的身軀要小得多。船一出發，晃動的程度要比想像中嚴重，還發出似乎有些故障的聲響，開始慢慢往前移動。

船隻在水中行駛還不到五分鐘，烏雲突然襲來。

—為什麼下雨？現在不是旱季嗎？

—是遲來的雨季。

—那不也是旱季嗎？

—遲來的雨季也是雨季吧。

—喂，你看那邊。

伴著雨的烏雲以目視就能看見的速度逼近我們，進入受烏雲影響的範圍後瞬間起風，還下起毛毛細雨。除了我們倆，其他乘客似乎很熟悉這種情況，立刻從座位上站起來，拉下邊緣的塑膠遮陽板。我們也跟著他們拉下被捲起來的遮陽板，剛降下遮陽板，暴風雨就開始襲來。發動機發出猛烈的旋轉聲，船卻無法前進。開始打雷了，大雨就像冰雹一樣打在船頂，雨水從遮陽板間流進來，開始冒著熱氣。我們抓住彼此的膝蓋，忍受搖晃的船。我把手放在奎浩溫熱的膝蓋上，奇怪地感到疲憊不堪。船雖然顛簸，但也並未讓人感到不安。我靜靜地把手放在奎浩的膝蓋上，直到汗水溼透為止。奎浩說膝蓋很熱，把我的手放在他自己冰冷的手掌上。經過兩、三個碼頭，船上擠得滿滿的乘客全部都下船了。從我們的手被汗水浸溼開始，直到移至冰冷的把手上為止，雨一直沒有停過。本來打算如果雨停了，就隨便在任何一個碼頭下船，然後坐計程車的，但我錯了，人一減少，船搖晃得更厲害了。奎浩說他好像暈船了，到達下一個碼頭時，我們就衝動地下了船。

—這是你喜歡的陸地，奎浩。

—啊，我差點暈死了。

原本想在碼頭的屋簷下等雨停，但根本不可能，這暴風雨似乎不會很快停止。附近沒有商店，也沒有人影。

—奎浩，我們怎麼辦？

奎浩突然搶走我的手機，和自己的手機一起放進腋下夾著的紅色腰包裡，然後猛地握住我的手，開始一起奔跑在下雨的街道上。不到三十秒，渾身就溼透了。本來想在便利商店買雨傘的，但別說便利商店，連任何招牌都看不到。我喘不過氣來，腳掌開始疼痛，我心想這樣跑有什麼用呢？雖然對奎浩說慢慢走，但奎浩可能沒有聽到，一直拉著我的手臂。我忍不住大叫了一聲，走慢一點。奎浩睜著像兔子一樣大的驚訝眼睛回頭望著我。我本來應該笑，但表情卻變得扭曲。我們之間暫時出現了沉默，奎浩突然躺在地上。

——幹什麼呢？

——什麼幹什麼？因為累了，所以躺下啊。

——所以啊，你為什麼躺在地上？

——我小時候，住西歸浦[53]的時候經常這樣。

——躺在車道上？

——嗯，在大海旁邊的道路上躺一整天，就是我全部的生活。

——瘋了，你沒死才真奇怪。為什麼做那麼危險的事？

——就喜歡這樣待著。涼爽、舒適，睜開眼睛就能看到天空，也好像是我覆蓋著天空。

——你在寫詩嗎？快起來。

當我握住奎浩的手時，奎浩反而一把拉住我，我側歪著坐在地上。

——你也躺下來吧。

什麼啊？我本以為他瘋了，但看到奎浩那比任何人都平靜的表情，心情也悄悄平靜下來。反正都溼了。我就那樣和奎浩並排躺在路上，雨絲不住擊打我的眼睛，我瞇著眼睛，望向天空。就像有人不小心把水倒在圖畫紙上一樣，皺巴巴質感的天空，感覺像與奎浩一起蓋著髒被子一樣。奎浩閉著眼睛對我說：

——我現在很開心。

—連內褲都溼了，有什麼好開心的？

—你和我就在這裡，一起這樣待著，光這件事情就很棒了。

* * *

哈比比到深夜才回來。打開門一看，他一隻手拿著購物袋。原本陰沉的臉孔，此刻看上去非常溫煦，似乎在晚餐聚會上喝了酒。雖然在一起才兩天，但奇怪的是，他給人一種像家人般的感覺。也許因為他是真正擁有家庭的人，所以已經習慣和任何人在任何地方以同樣的方式扎根，以同樣的方式開出花朵。打開他帶回來的購物袋一看，上面印著東方酒店麵包店的標誌。哈比比說看過我吃馬卡龍吃得津津有味，特地為我買的。喜歡甜食的不是我，而是奎浩。跟著奎浩探訪每一家好吃的甜食，不知不覺間，我也變成澱粉類食物中毒者，不自覺地會開始找零食。哈比比在我嘴裡塞了一個粉紅色的馬卡龍，我吃了一半，然後就放在床頭櫃上。那對我來說太甜了。和哈比比在一起時，我好

53 編注：位於韓國濟州特別自治道南部、韓國最南端的城市。

像變成了非常小的孩子，也好像無意中變成了他的父母。哈比比脫下褲子，說了今天（我一點都不好奇）的事情。酒店前的豪宅不是私人所有，而是英國大使館。那裡的美麗英式庭院擺著餐桌，和英國、泰國的官員們一起吃了牛排、龍蝦和義大利餃。今晚曼谷將舉行紀念兩國和平與和諧的煙火晚會，所以選了能看清煙火的房間。哈比比穿著內褲，走到窗邊，指著遠處說：

—今晚我們將會看到世界上最美麗的煙火。

煙火就只是煙火，世界上最美麗的煙火又是什麼？是最貴的鞭炮的意思嗎？那又怎麼樣？

—聲音會大到讓人無法入睡，前面的大使館大街上會放鞭炮。

突然之間，一切都變得無法忍受，我沒有答話，直接進入浴室，開始往浴缸裡放熱水。水還沒滿就先把頭伸進去。我在水裡睜開眼，只看見水面盪漾的影子。一切都那麼寂靜，只聽見滴水的聲音，我很喜歡。最好就這樣靜靜地，希望一切都能停止。

我一直憋到無法憋氣為止，然後抬起頭。

—你上輩子是魚嗎？

奎浩問我。他看我無論去汽車旅館還是哪裡，只要有浴缸，就一定會放水坐進去，覺得好奇。

—一定有人在那裡面尿尿。

我說你也進來，奎浩拒絕，說這無異於把身體泡在水溝裡。不管怎麼樣，我都會放水，直到把浴缸放滿為止，然後將身體完全泡進去。泡頭頂的話，膝蓋會露出來，把膝蓋放進水中的話，頭又會冒出來，總之無法完全入水。我好像想過，如果以後賺很多錢，一定要買像游泳池一樣大的浴缸。

我把一旁放著的LE LABO香氛沐浴精全部倒進浴缸，把水開到最強，泡沫像奶油一樣猛烈地冒出來。我想像著要在那膨脹的泡沫中窒息，緩緩閉上了眼睛。

＊＊＊

那天我們停下腳步的地方是陌生的民宿。

平時只要舉手就能非常輕易地坐上曼谷計程車，就像影集中的場面一樣，但事實上計程車只是從我們面前駛過。雨越下越大，積水淹到腳踝，前方甚至都看不清楚了。我們手牽手在民宅之間繞著，好像迷宮一樣，只希望能出現一個讓我們坐下休息的地方。最後，我們終於發現一塊招牌，民宿，兩個人連忙走了進去。

主人說淋浴間共用，房間沒有冷氣，只有電風扇，一個晚上是五萬韓元。從當地物價和建築的狀態來看，完全就是敲竹槓，但我們也不想挑剔。走進房間，我們笑翻了，空間只能擺下一張床墊，與其說是房間，不如說是棺材。奎浩和我依次在共用浴室（其實只有幾根水管的空間）用溫水洗完澡，將前臺給的兩條大毛巾鋪在床墊上，並排躺著。天花板上的風扇葉片轉動著，發出啪啪的聲響，我無聊地對著奎浩說：如果那個東西掉下來，我們會變成絞肉吧？奎浩回答說一起做漢堡肉餅吧，並向我伸出手臂。奎浩的手臂比一般人稍短，碰不到我比一般人稍大的頭，但我們仍裝作沒有什麼事一般，靜靜地枕著手臂，接著，我們開始接吻。兩個溼漉漉的身體重疊，奎浩爬到我的上面。

—有嗎？

奎浩的腰包攤開在地板上，裡面只有兩包因時間過久而皺巴巴的拋棄式潤滑液，保險套不知道是不是都用完了，沒看到。

—怎麼辦？沒關係嗎？

看著滿臉擔憂表情的奎浩，我用牙齒咬著撕開了兩包潤滑液。

我們做了愛，是交往兩年以來，兩人第一次沒戴保險套的性交。

我看著壓在我身上的奎浩，感受到他的重量。我完全能感受到他的體溫、呼吸以及他那又大又黑的瞳孔。他的一部分流進了我的身體裡，很快就和我的身體混合在一起。

性愛結束後，我們閉上了眼睛。再次睜開時，只見四周有些黑暗。完全不知道是晚上、白天、凌晨還是何時，只是，雨聲停了。轉過頭一看，奎浩睡著的臉孔就在我面前。我盯著他看了好一會兒。我把他鼻梁上的汗水擦掉，看著天花板上依然轉動的風扇葉片，真希望這一切就這樣停止。

* * *

我只覺得，無論何時伸手，似乎都能摸到他的鼻梁。

那只是我的錯覺，現實中的我，眼前只能看到自己胖胖的手。人長胖了，連手指和指甲都變醜，還得改掉隨便跟人睡的習慣。走出浴室，已是凌晨四點多了。哈比比剛才還說什麼會看到世界上最美麗的煙火，但此刻卻陷入沉睡中，他不知是什麼時候睡著的。難道他醉得連浴缸裡的我都懶得管了？也許他是一個人看完煙火後睡著的，但不知為何，感覺似乎不是那樣。我撩起他的頭髮，到處都有白髮，還有在檯燈下顯得更深的額頭皺紋。

他到底為什麼把我叫來這裡？難道只是希望他回到房間時，有人在等著自己？難道是因為即使燈開著、房間弄亂、語言聽不懂也無所謂，只是需要一個能發出聲音的人？還是因為他經常出差，早已熟悉獨自枕著枕頭躺下的冰涼感或沙沙作響的床單觸感？也許這一切都是原因。但是，現在，我到底為什麼來到這裡？我最不能理解的其實不是其他任何人，而是我自己，所以我只能靜靜地看著他掉落在地上的碎裂手機。

不知道有沒有放煙火，我睡了一會兒，似乎一切都過去了。不知從何時開始，一切都變得模糊不清的日子，無限反覆。

我稍微調暗燈光的亮度，走出房間。關上門後，奇怪的是，竟然記不起哈比比的臉。

＊＊＊

新年的第一天，奎浩和我去月尾島[54]玩。我們吃了用厚厚的麵糰包裹的熱狗，然後坐上好像快要裂開的海盜船。因為爭先恐後地大喊大叫，所以十秒後喉嚨就啞了。在遊樂園旁邊的投幣式ＫＴＶ裡唱了十首唱不上去的離別歌曲以及過度活潑的偶像歌曲，出來之後，不知不覺間天就亮了。為了看日出，我們並肩走在海邊。即便穿著羽絨外套，還是覺得冷颼颼的，我把手伸進奎浩的腋下。

—你在幹嘛？熊吉！

我邊笑，邊從奎浩身後抱著他。我們好像融為一體，開始像蹣跚學步的小孩一般走起路來。人們聚集在海邊，用臉頰感受著猛烈吹來的海風，我想著，奎浩小時候生活的地方也是這樣嗎？

因為防波堤附近聚集了很多人，我們也走近那裡。一個塗著紅色口紅、頭髮紮起來、面容和善的女人，正把天燈和簽字筆分發給旁邊的人。她也給了我們一個摺疊的天燈，說我們寫下願望後，她會幫我們點火放飛。奎浩對我悄聲細語說道：

—好像是中國人。

我點點頭，女人又補充說道：

—中國有在新年放天燈的習俗，新年第一天，要在天燈寫上願望。

我們在地上攤開天燈，開始寫願望。奎浩的願望似乎很明確，熊吉和兔美永遠的愛情、中樂透、征服宇宙…… 我苦惱著要寫什麼，決定像奎浩一樣，想到什麼就寫什麼。寫完心願後，把天燈交給女人，女人摸著天燈下方的鐵絲，在上面插了一根小蠟燭。我把不知從何時起放在口袋裡的一個巧克力遞給女人，她就像從未經歷過世間悲傷的人一樣，笑得極為燦爛。幾盞天燈一起升起，我們興奮地望著悠然升上天空的天燈。每個人的臉孔都露出了幸福表情，就像願望實現了一樣。

54 編注：位於韓國仁川廣域市中區，是仁川的旅遊勝地。

＊＊＊

從酒店出來之後，隨意走在不知名的街上。雖然四周還沒有完全明亮，但已經有人穿著西裝早早出門上班。面臨截稿時，我的背影也和他們差不多。太陽還沒升起時，穿著西裝，坐在公司前的咖啡廳裡，縮著肩膀，瘋狂地寫東西和修改東西的男人。

肯定是下了整夜的雨，空氣中散發出泥土的味道。走了十分鐘左右，我走進便利商店裡。雖然不餓，但還是想買點什麼，最後買了有著韓國偶像照片的海苔餅乾和兩瓶正在進行買一送一活動的草莓牛奶。我手裡拿著塑膠袋，信步而走。過了圍牆，出現一條幾乎只容一人通過的狹窄巷弄。走進巷弄，就能看到老鼠在下水道的洞裡穿梭。我不想再往下看，努力向前走，道路兩旁出現了鐵製拉門。帶有玻璃窗的鐵製拉門是小時候在超市或餅乾蛋糕店之類的地方常看到的。再往前走幾步，發現建築物不是店鋪，而是人們居住的房子。道路兩側並排建成的房屋，沒有紗窗，拉門就這樣敞開著，經過的人都可以清楚地看到裡面的人如何生活。蟲子會飛進去的。我突然產生好奇心，明知失禮，但還是往屋裡看了看。人們似乎無暇顧及我，拿出盆子洗臉的人、在旁邊洗菜的人、坐在地上像機器一樣一直剝著玉米的老人，和坐在梳妝臺前瘋狂吹乾頭髮的女人。

路的盡頭，敞開門的房子，客廳中間放著一個舊床墊，兩個四、五歲的孩子在床墊上亂跳。旁邊一隻有著白眼的貓咪，每當聽見吱吱作響的彈簧聲，就會抖動身體。灰塵飛揚起來，我不由自主地停下腳步。雖然不可能碰到天花板，但孩子們還是把手伸向天花板，竭盡全力地跳著。我想起奎浩對我說過的話。

—我想玩 Bangbang[55]。

—你是說 Bongbong 嗎？

—你們那裡叫 Bongbong 嗎？

—嗯，在濟州島叫 Bangbang 嗎？

—不知道是不是都那樣叫，反正我們家那邊說 Bangbang。

—最近，不知道那麼多東西，都去了哪裡。

不知不覺中，我蜷縮坐在別人家的地板上。貓跑到角落去了，孩子們發現我的存在後，停止了跳動，比較年幼的孩子躲在年齡稍長的孩子身後。我打開塑膠袋，拿出兩瓶草莓牛奶，打開一瓶喝著，把另一瓶遞到孩子們身邊。孩子們沒有靠近我，我笑著把

---

55 譯注：彈跳床，通常使用許多彈簧將一塊繃緊的強力織布拉在鋼架之間的蹦床。

瓶子放在地上。孩子們看著我喝牛奶，好像在看著世界上最神奇的東西。我喝完牛奶後，問孩子們昨晚有沒有看到煙火，他們好像沒聽懂。我問，你們的父母去哪裡了，他們還是沒有回答。

他們都去哪兒了，只剩你們兩個人？

我獨自說著誰也聽不懂的話，感覺鼻子都酸了。真是的，這不是明顯上了年紀的徵兆嗎？為了不讓眼淚流出來，我把頭向後仰。屋簷上凝結的水珠快要掉下來了，昨晚下雨了嗎？所以煙火被取消了嗎？

即使雨季遲來，還是會下雨；即使一切都晚了，眼淚還是會落下。

* * *

與奎浩分手後，我經常做惡夢。在夢裡，毫無例外，奎浩和我又笑又吵，還說愛我。即使是在夢裡，我也知道那不是奎浩。走近他，聽到他的呼吸聲，摟住他的肩膀的瞬間，他就消失了。像沙子一樣散開，像廢水一樣漆黑地噴湧而下。所以我只能靜靜地站在幾步之外，望著他，聽著他的聲音，希望這樣的時間能夠持續下去。

每次從這樣的夢境醒來，全身都會汗流浹背。

最近我好像每天都會一點點地裂開。這種感覺如此明顯，正如記憶中的奎浩那樣碎裂分散。我無法擺脫那種感覺。

有時，奎浩對我來說就是愛情的同義詞，所以，證明奎浩的存在，其實就是證明愛情真實的存在。

我好像想透過寫作這一方式，證明奎浩對我的意義、我們的關係、誰都不能侵犯的屬於兩人的特別關係，是百分之百的真實。我雖然想以各種不同的方式創造和書寫奎浩，完整展現他和我的關係，但是，越努力，奎浩和我的情感就離我越來越遠，最後變成了與真實相去甚遠的模糊回憶。在我的小說中，假想的奎浩是數次死亡、受傷，以完整的愛情方式留存下來，但現實中的奎浩，卻是真實地在呼吸著，面對自己的生命。這之間的距離越大，我越難以忍受一切。雖然在過去的時間裡不斷努力，但最終還是如實地領悟到，我的身體、我的心和我的日常生活根本都不存在。空虛、無意義的名詞全部散去，只剩下正在寫作的我自己。我在這樣的世界中縮著肩膀，眉間的皺紋越來越深，只能聽見自己的呼吸。

＊＊＊

那天我們放的天燈沒能飛多遠，越過防波堤的瞬間，天燈起火，冒著黑煙斜斜地飄走，不久後墜入遠海。圍著我們的一些人哈哈大笑，塗著紅色口紅的女子露出特有的燦爛微笑說，好像是天燈上的某個地方出現了破洞。我看著遠處其他人的天燈和淹沒在黑色海洋中的我們的天燈，看了許久。在此期間，人們各自邁步走上自己要走的路。奎浩也背對著我，離我遠去。我無法離開，不願相信一切將如此消失。

我之前曾把天燈上的願望改寫了很多遍。減肥、抽中預售屋[56]、擁有一臺保時捷Cayenne、第一本書大賣……好像不完全是我真正的願望，所以又用斜線劃掉。大概就是那時候破了個洞吧。

我最後只在天燈上留下了兩個字。

奎浩。

那就是我的願望。

56 譯注：韓國的預售屋是採抽籤制。

作品解析——

憂鬱同性戀的地理學

姜知希（文學評論家）

1. 床與光化門

為翠西・艾敏（Tracey Emin）帶來世界性聲譽的一九九八年作品《我的床》（*My Bed*）[57]是看過一次就難以忘懷的作品。展示場的床上擺放著未經整理的被褥和床單、被汗水浸漬的枕頭、床的周圍放著菸頭和空酒瓶、被弄髒的內衣、ＯＫ繃、小狗玩偶、用過的衛生紙、口服避孕藥、懷孕測試棒、被血浸溼的保險套等。那張床露骨地展現了性的主題，如果是敏感的觀眾，不僅能讀懂性歡愉，還能讀懂頭痛、宿醉、憂鬱症、酒精中毒、孤獨和不安。床反而會成為生動證明某種快樂瞬間消失後出現的孤獨、疾病和死亡、獨自經歷的陰暗時刻的自我告白。

如果說有什麼可以快速準確地概括朴相映的這本小說集，那就是床。在與伴侶親密交流的瞬間、無奈地忍受肉體痛苦的瞬間、反覆咀嚼最終獨自存在的瞬間、扔掉床的瞬間。即便不是床，而是浸在浴缸裡，床都處於朴相映世界的中心。在這本小說集裡，床雖然不斷讓人想起和某人火熱的時期，但最終還是獨自留在主人翁身邊，堅持到最後，可說床才是我們真正的伴侶。就如同金建炯對他第一本小說集《無人知曉的藝術家之淚和宰桐義大利麵》（暫譯）的分析「看似玩笑的酷兒新人類登場」一樣，朴相映小說中的人物經常哭泣，卻也能立刻轉換為自我憐憫，用笑容改變一切。主人翁並不會沉浸在悲傷之中，取而代之的是排泄「無處留存的尿液」（〈中國生產的威而鋼和藥劑，對於無處留存尿液的小玩笑〉[58]），輕鬆彈出現實重力的人物態度，在這本小說中依然如故。但是，此次小說集在描述長時間凝視相愛後離去的對方背影時，即使到了最後也並未發生感情輕快的垂直轉換。感情總是滾落到某個地方。他們在藍莓袋子上看到「只有一塊紫色的冰塊掉落下來」時，確認了以為會持續到永遠的時節已經結束（〈在熙〉）、將終究無法理解也無法原諒的話語，伴隨撕碎的紙團一起沖進馬桶如「劃著波紋，被吸進了黑洞裡」的描述（〈一片石斑，宇宙的味道〉）。離別的程序如此漫

---

57 編注：英國藝術家翠西・艾敏將睡過的床和相關物品放在英國泰特美術館展覽，並以此作品入圍當年的英國透納獎。
58 編注：本篇小說收錄於《無人知曉的藝術家之淚和宰桐義大利麵》。

長，在「遲來的雨季」潮溼的悲傷中，沉浸在浴缸裡。回憶起天燈、飛不高，「斜斜地飄走，不久後墜入遠海」（〈遲來的雨季假期〉）。比起上升，下降的形象更具壓倒性優勢，人物被孤獨包圍，躺在床上，這些憂鬱的人們，入睡前的時間似乎會變得極長。

但是，床上的這些憂鬱人們絕對不能被私自解讀。床上的性歡愉只允許什麼樣的關係存在呢？是不是誰更經常躺在床上，被什麼樣的苦痛所包圍？通常被認為是私人空間的床，實際上是最政治的空間。我們暫且把這張床移到二〇一九年的六月，首爾的光化門如何？二〇一九年六月一日，立場極端不同的團體聚集在光化門和市政府一帶，甚為壯觀。酷兒文化的慶典活動、抱持反對立場的首爾市殘障人士共鳴分享慶典、大韓愛國黨的太極旗集會，三者同時舉行。在手持彩虹旗的酷兒文化慶典參加人士到達之前，殘障人士人權論壇的紫色、太極旗集會中太極旗和星條旗的紅色和藍色、保守基督教團體標榜的愛情粉紅色等色彩交織，完全就是首爾這座大都市的「酷兒地理學」的極致體現。你的床被什麼顏色覆蓋？你的床能被這裡允許嗎？現在你的床被放在廣場中央，想要搶奪的人和想要死守的人之間的爭戰比任何時候都要激烈。

這本小說集，涵蓋了殘障和病理化、保守和進步、民族、理念和宗教等問題，描繪了在大都市的公共空間裡允許和排除酷兒存在的酷兒地理學。朴相映第一本小說集《無人知曉的藝術家之淚和宰桐義大利麵》的背景是在紐約、伊拉克、韓國等世界地形圖中，因此對酷兒的定位有了自覺意識。這些殘酷的地緣政治條件在這本小說集裡刻劃得更加細緻。小說中的空間涵蓋了韓國的梨泰院、鍾路、大學路、新沙洞、仁川、濟州島等地。在東京、曼谷、上海展開的過程中，超越性的取向，根據年齡、階級和身體狀態等錯綜複雜的酷兒局部形態，描繪了東亞的酷兒地理學。在運用絕望的幽默描繪可怕而又美麗的愛情方面，當今的韓國文壇沒有一位作家比得上朴相映的能量。得益於這些能量，朴相映此次出版的小說集正走向更遠的地方。

2. 對於疾病和家人的酷兒變革

之前在很多同性戀者的敘事中，反覆出現的部分是家人。難以接受同性戀的家庭壓迫，和家庭中產生的矛盾，這些與同性戀者主人翁的自由和愛情所形成的對立構圖，現在已經太為人所熟悉了。朴相映的〈在熙〉和〈一片石斑，宇宙的味道〉雖然與不容許同性戀的家庭秩序產生了不和，但他知道無法完全擺脫或獲得自由，所以選擇和家人糾纏在一起，發出憂鬱的低鳴。

在以男性同性戀為主人翁的小說中，過去曾如此重視過異性戀女性的存在嗎？

〈在熙〉中敘述了來參加在熙婚禮的同學們口耳相傳的眾多傳聞，回到在熙和「我」的大學一年級時期，以「貞操觀念淡薄」、「名副其實的學系邊緣人」描述了兩人瑣碎的日常生活、如何與耍賴的男人安全分手，逐漸鞏固彼此親近關係的過程。他們對彼此而言，都是堅固的防波堤。當兵時期，在熙一直是「我」的「最佳煙霧」，之後以在熙被一個男人的瘋狂跟蹤行為威脅的事件為契機，自然而然地展開兩人的同居生活。

對於在兩個男人之間苦惱的在熙所經歷的墮胎手術，小說的輕快速度並未放緩，而是加速。一般容易因女性的負罪感而變得不舒服的內心敘述，因為韓國社會非法的墮胎手術而輾轉於醫院的過程中，在熙對醫生單方面指責而憤怒地拿起舊子宮模型跑掉的場面，給了讀者極痛快的感覺。在熙去醫院前擦了新買的迪奧口紅，在醫生面前毫不畏縮地說出自己要說的話，拿起子宮模型跑掉，以老頑固的院長為對話內容，與護士進行了親密的交談。小說沒有遺漏在熙的這種活力，沒有將在熙視為因一瞬間的失誤而陷入絕望的女性進行消費，而是面對婦產科醫生將女性的身體比喻為「崇高的聖殿」批判「鬆懈的純潔意識和酒色輕浮的荒唐」，在熙感受到的羞恥心，和「我」在泌尿科被診斷為尿道感染時櫃臺後方男護士們悄聲訴說「骯髒的糞蟲」的侮辱感，重疊在一起，形成了兩者的同質感。他們各自不跟隨懷孕—生育—養育軌跡的性實踐，以脫離「正常性愛」的生活方式為由，在家長式社會中被強烈制裁和病理化。在和異性戀霸權緊密相連的醫學論述中，女性受到崇拜或同性戀男性受到蔑視的經歷，實際上是並存的。為了手術後躺著的在熙，「我」笨拙地煮了海帶湯，在熙替他安慰前來向家人揭露「我」是同性戀的工學院學生時，兩人透過對方「作為同性戀生活，有時真的很慘」、「作為女人，生活也像乞丐一樣」，而達到了相互理解。

但是他們的關係，並不像大眾浪漫敘事中的異性戀女性和同性戀男性的友情一樣，以安全、理想的關係愉快相處。小說中「在熙和我」的關係在「在熙和（預備）丈夫」之間發生衝突的情況下，自然而然地讓讀者推測雙方關係的密度。在公開自己的性取向方面，毫無顧忌的「我」第一次感受到的強烈背叛感和憤怒是基於「不想讓別人知道在熙和我共享的一切，那是只屬於兩人的故事」的排他性心理。並不是所有人都能輕鬆接受「同性戀朋友」，而是要求與在熙的關係「完全屬於我們兩個人」，「我」的存在脫離了配角的地位。「我」在軍隊時期，在熙寄來的信件中的一句話「失去後才明白的珍貴，你就是這樣」和被稱為「K3」的工學院學生在因交通事故死亡前發給「我」的最後一通訊息「如果執著不是愛情，那我從來沒有愛過」，巧妙地重疊在一起。這些過剩的感傷語言，傳達了在社會上很難被賦予意義的關係所爆發出的親密性。在社會被視為正常的生命週期中，未能融入的關係只能是暫時的，最終只能留下悲傷嗎？但是當在熙接受求婚時，再次回想總是讓自己微笑的在熙時，和在熙一起的最後一晚並排躺下無法入眠時，和在熙從二十歲開始一起的「生物學上的男性，也是三年的室友」和「我」的存在時，這些都不能單純地用友情來定義。在熙的婚禮上，「我」站的位置不是新郎的位置，也不是主持人的位置，只是唱祝福歌曲的伴娘位置，但是他唱歌時卻哽咽了，在熙拖著婚紗跑過來代替他唱歌，兩人於是一起成為了另一個舞臺的主人翁。「請一直在我身邊，一定要把我的夢想託付給你。」這首歌曲是一起度過二十多歲的兩人連續劇主題曲。在未經過公認結婚即被認為是未完成關係的社會中，即便共享各種祕密，也永遠無法擁有浪漫的愛情和婚姻，而成為另一種愛情關係。〈在熙〉是一部以意想不到的方式為一直陪伴在彼此身邊的在熙和「我」所製作的浪漫喜劇。

如果說〈在熙〉的類型是浪漫喜劇，那麼〈一片石斑，宇宙的味道〉則是家庭愛情劇。內容雖是回顧五年前深愛的「哥哥」，但〈一片石斑，宇宙的味道〉的中心是母子關係。三十一歲的「政治傾向略偏左派的男同性戀」，「我」，與在時隔數年後看護因癌症復發而與病魔爭戰的母親。也許是在即將準備面對最後階段的陰暗狀況，小說既不特別美化母親，也不急於和解。他的母親是「五十多歲，偏右派傾向的女性」兼「四十年的基督教徒」，最重要的是，母親「永遠不會放棄」，她仍然沒有停止要兒子結婚的嘮叨，在看護的過程中，她各種理所當然的要求，簡直「多彩地讓人瘋狂」的場面，充滿了黑色幽默。

兩人的矛盾可以追溯到很久以前的過往。主人翁在高中一年級時和大兩歲的哥哥接了吻，主人翁被發現後便被媽媽送進位於京畿道楊州的一間醫院心理治療科。在此過程中，醫生得出的結論卻是「不是我，而是母親的治療迫在眉睫」，但母親卻打著宗教的旗幟拒絕諮詢和藥物治療。就這樣，當年暑假期間，在這對母子身上發生的一切都被埋在了祕密領域。因為比任何人都更近距離觀察了母親的生活，所以對於圍繞矯正治療的壓迫和暴力接近母親的過程十分清楚。母親與經常出軌甚至事業泡湯的丈夫離婚，為了賺錢而成為知名的媒婆；被確診為子宮癌後，母親高喊「哈利路亞」的戲劇性中融入了經由癌症保險賠償金而勉強償還公寓剩餘貸款的經濟狀況。母親對婚姻的執著和對「我」的攻擊性、身體和語氣中滲透出的特有潑辣感，實際上是過去金融危機和不負責任的父親等共同創造出的產物。

但是小說除了與保守基督教信徒母親的矛盾和壓抑之外，沒有提供幸福愛情的安身之處。「我」第一次看護母親時遇到的同一個生肖的哥哥是位自由編輯，母親酒精中毒，也是一個無法隱藏的固執同性戀，對美國帝國主義的一切感到不滿，是「最後一個世代的學生運動分子」。面對一片石斑魚也能討論「宇宙的味道」的哥哥，在如此真摯的情感面前，主人翁變成無法辨別自己的感情狀態，甚至對他束手無策。但包括生病的母親在內，主人翁一直相信自己和哥哥有很多共同點，一對「完美的淘汰組情侶」，但哥哥卻對在大白天的街道上和「我」走在一起覺得不舒服，在把同性戀說成是美帝惡習的前輩夫婦面前，他無法承認兩人的關係，畏縮不前，還被文學院學生會長的經歷所束縛，活在自己仍然被政府監視的幻想中。他們的矛盾達到最高潮是在「我」看到他的電腦裡有很多將同性戀視為「疾病」或「徵兆」的報導時。這時在「冰冷的心情」面前，「突然想得到道歉」，所指向的地方是「媽媽，而不是其他人」，這一事實非常重要。在這一瞬間，主人翁確認了一件事：媽媽才是他不得不隨時面對的最深的憤怒起源。

諷刺的是，最想遠離媽媽的「我」，總是和他重疊在一起。邀請「他」到家裡，想做一次始終沒能一起吃的義大利麵時，他用輕鬆的語調說「去跟比較好的人交往吧」，聽到這句話時，「我」茫然若失的樣子，和媽媽看著和情婦打羽毛球的爸爸時那個模樣重疊。手術結束後，母親坐在床上祈禱，並抄寫聖經句子，「即使腹部插著血袋和管子，凌晨五點也會像往常一樣起床」，作者解讀為自己過去留下的「對於自己無限的渴望」。「熱愛耶穌，比任何人都熱烈地投身於生活」的母親，對自己的渴望與「我」曾經對「他」的心意完全重疊。作者的母親曾說「抱著你，就好像擁有全世界一樣」與「抱著他的時候，好像擁有了全世界的一切」的作者獨白一致。在與他荒唐地分手後，經過五年的時間，沒有得到回應的渴望，再次出現於媽媽對「我」的心情中。就像越知道他是「我不了解的未知世界」，越是想盡辦法挽留他，最終還是失敗一樣，作者明瞭自己對於媽媽來說也是「巨大的未知存在」，也許是讓人覺得人生朝著自己不願意的方向發展。在作者的夢裡，媽媽開著的「不再是紅色小車」，而是世界上最安全的「美國製的Volvo」，但儘管如此，車子還是墜入懸崖，破碎不堪。雖然比任何人都害怕失去母親，但作者卻將母親變成花朵，面對死亡場面的作者，到底是在原諒母親，還是在報復母親？答案並不容易。如果這裡還有理解和寬恕，那麼對於基督教信徒的母親和曾經參加學生運動的他來說，作者自己最終還是應該矯正的對象。因為沒能完全接受自己的樣子，所以長時間陷入絕望，作者只能在夢裡勉強抓住理解和寬恕。面對摯愛卻始終無法喜歡的家人，這樣的感情，只能如此殘忍地加以剖析。

就像小說裡無法區分愛和憎惡的情感一樣，病理化和正常性其實也是硬幣的兩面，最積極將同性戀病理化的母親和「他」，實際上比任何人都渴望愛情。依靠看不見的場面或把自己想像成國家監視的重要人物的偏執想像力，才能堅持生活的這種事，可說意味深長。作者問了好幾次，「愛情真的是美麗的嗎？」我們似乎已經知道答案了。有些愛情只是「全身全心地投入到黑色領域的那種愛情」，與那令人厭惡的憎惡距離並不遙遠。如今一切可能只剩下「希望她什麼都不知道，然後死去」。為了結束作者的愛和憎惡，她必須死去，但是作者最終還是處於希望她不要知道的心情，是憐憫嗎？在既不能理解也不能原諒的位置，無法傳達的話語依然會散開。小說重複著「因為距離太近，所以容易發生的心理剝削，沒有出口的憎惡也因受到不愛家人的負罪感所控制」的無限迴路，靜靜地看著家人這樣奇怪的生物。

要想明快說明這部小說集中最長、最美的〈一片石斑，宇宙的味道〉裡的感情是不可能的。有些愛情只有經由讓自己放空的無力感和絕望感才能實現。雖然知道這份愛情多麼孤獨，但同時也在破壞自己，不能停止悲痛地哀求著正視原本的自己。但是，背過身離開的作者，不知不覺又回來了，望著即將西沉的太陽和即將因病去世的母親，他好不容易才明白，就算這份愛是空蕩蕩的，也絕對不能放棄。

3. （不）可能的酷兒異質空間

〈大都市的愛情〉和〈遲來的雨季假期〉以「奎浩」的存在，鬆散地捆綁在一起，描繪出朴相映小說的酷兒地理學。首先應該從包含與奎浩的相遇和離別的〈大都市的愛情〉說起。根據作者和奎浩第一次在梨泰院夜店見面的回憶場面中的描寫可知，這部小說的真正主人翁是霓虹燈閃耀的大都市首爾。「彷彿馬上就會讓人失明的強烈綠色雷射光從天花板上照射」和寫著「Don't be a Drag. Just be a Queen」的霓虹燈下，T-ara的朋友們像沒有明天的人一樣喝得爛醉，被推倒的「我」親吻了第一次見到的奎浩。夢想成為助理護士而暫時以調酒師為工作的「奎浩」這個名字開始變得特別，將一無是處的一切變得燦爛，成為「我」的美麗都市——首爾。但是與奎浩發展為認真交往的關係，並不是「茫然坐在劇場門口，賣著沒人買的節目單」、如首陀羅的「最低時薪人生」，也不是「細心照顧酒後爛醉的朋友，像鄰家大嬸一樣的角色」。而是在駱山公園，作者對奎浩說出「和我一起生活了五年多的家人」時，也說出了「另一個我」的「凱莉」存在的事實。

小說中沒有使用過ＨＩＶ（人類免疫缺乏病毒）這個詞，而是傳達「凱莉」是什麼。小說經由不說明疾病名稱，喚醒讀者想起此前ＨＩＶ在韓國社會是多麼強烈被排斥的疾病。對於性方面特別要求告白的社會氛圍下，使性成為需要解讀的意義和告知的真相，將告白者推向生命管理者的統治對象。但是當作者經由自己的特長「取獨創性的外號」，幫疾病取了一個美麗的名字「凱莉」的瞬間，這個命名的政治學就從外部單方面給予性別的指責和暴力中擺脫出來。不是凱莉存在於悲劇的中心，而是因為有凱莉才完成了自己特別的一面。當然，命名的力量並不能抹去現實的所有重力。凱莉在與奎浩的關係中，不能發生「最重要的唯一」性關係的因素，在就業的最後一關——體檢——之前，還是引發了巨大的不安。但是當作者認為「人生不可能擁有一切」並反覆說著「凱莉，這完全是我自己的事」時，踢開純真的這句話帶來的共鳴確實源於確立新的主體性之上。

經由引出「凱莉」的問題，這部小說超越了所有將酷兒愛情視為比異性戀更「浪漫」或違反性習俗的「激進」傳統。奎浩完全接受「我」的凱莉，說「不管有沒有，只因為你是你」，但是兩人開始夢想在上海展開新生活時，被凱莉再次拖了後腿。作者看到中國當時嚴格管制性媒介疾病的報導，在上海停留六個月以上的人必須接受血液檢查，便獨自送走了奎浩。小說中，奎浩從「濟州島」到「仁川」再到「首爾」再到「上海」，空間逐漸擴大，但重要的是，作者的空間相對固定。酷兒的性自由一直被認為可以在「大都市」中更自由探索，但對於某些酷兒而言，城市的警戒線在更強大的制約和控制下運作。因此，作者的空間最終只存在於大都市的機場，沒能去成上海。獨自乘坐機場鐵路回到日常生活的他，孤獨的模樣，與小說開頭因護照到期而無法去日本旅行、獨自返回的樣子重疊。擁有凱莉的他，因此無法自由移動，這件事讓人想起，他的護照（市民權）永遠只是一半。而且其中一半的市民權反映了現在在韓國酷兒政治的侷限，這一事實也不言自明。

只有在考慮到東亞酷兒地理學的政治性情況下，才能重新解讀成為〈遲來的雨季假期〉背景的曼谷。該小說是描寫與奎浩分手後，像《花樣年華》[59]一樣，剩下最美麗瞬間的結尾。來到曼谷後，買了一盒簡單易行的預防「藥丸」，奎浩和作者「讓凱莉也休假」。從酒店出來後，毫無固定目的地走在街上，在河邊上船後就遭遇遲來雨季的暴雨。在雨天裡奔跑時，一起躺在地上，進入陌生的客棧，在糟糕的房間裡做愛，每個瞬間都像被密封的樂園一樣，小心翼翼地被展開。最重要的是「交往兩年來，第一次沒戴保險套做愛」，所有時間都被抹去，只有奎浩「鼻梁上的汗」這個場面是如此自由而美麗。因為泰國是亞洲對酷兒文化最友善的空間，所以兩人完全合一的瞬間才變得可能。雖然不是房間，但在公共街道上也可以像蓋著被子一樣，盡情地被天空覆蓋。回想起他們剛交往時，走在「一切都滅亡的反烏托邦」似的凌晨路上，構成了幻想、快樂性愛的酷兒異質空間。

但是與奎浩分手後，與「哈比比」再次來到曼谷，憂鬱沒有持續下去。新加坡裔馬來西亞人、在美國專攻經濟的金融家哈比比有一個「名字『露』可以是男人，也可以是女人」的香港出身的妻子或丈夫，混合英語和中文進行的兩人對話中有著「家人中有

59 編注：二〇〇〇年上映的浪漫愛情電影，由知名香港導演王家衛執導，在國際間獲獎無數，亦是其知名表作之一。

人得了癌症，希望盡快回家」的內容。對哈比比的描寫如實反映了東亞混種性，但附著在他身上的混種性，並不能重新塑造由作者和奎浩一起享受的傾盆大雨和強烈合一的瞬間、生動的鼻梁汗水等組成的酷兒異質空間異形。經常出差的哈比比只是進房間時需要某人在身邊而已，作者認識到自己其實是可以被替代的，獨自在哈比比的酒店房間裡進入浴缸入睡，而在此期間，煙火早已結束。在遲來雨季的泰國，沒有奎浩，密度極高的傾盆大雨變成被憂鬱浸泡的浴缸。耀眼的歲月已經過去，無法尋回，不滅和虛無融為一體的貞操是這本小說集的某種主要成分。

4. 宛如霓虹燈般明滅的寫作

似乎是用自傳式的書寫匯集的這四篇小說，人物都是被雨淋溼的旅行者。他們在匿名性得到保障的異質空間之間不斷移動，生活在永恆的現在，但卻被憂鬱浸溼，無法輕易揮發的黏稠和泥濘般的感情，只得裝入越來越沉重的行李箱中。

朴相映在這裡重新定義了寫作的意義。〈遲來的雨季假期〉的主角經由寫作，埋首致力於將奎浩「壓在玻璃之下，安全、高貴地保存下來」，但也只能承認「現實的奎浩持續呼吸、繼續過自己生活」的事實，開始接受在自己的文章和現實之間不斷擴大的間隙。如果說寫作是經由記憶永遠複製一切的行為，那麼這對作者來說也算不了什麼。小說中確認「只剩下正在寫作的我自己」的瞬間被描繪得空無一物。愛情和寫作不可能是相同的，向自我收斂的自戀式寫作對朴相映來說沒有任何意義。以完好的狀態安全保存的寫作與〈遲來的雨季假期〉中最後飄走、迅速墜入遠海的天燈記憶對立。朴相映似乎是在宣布，如果沒有什麼是永恆的，不如壯烈地讓其氧化，選擇活在此刻的生命。在天燈留下的兩個字「奎浩」，蘊含著在生活中除了愛情之外全部拋棄也無所謂的凝縮渴望。但是，朴相映知道，連這份渴望最終也會被懦弱地撕開、墜落下去，無論是多麼深愛過的人，總有一天都會轉身離去，一切都會就此消失。因此，他的寫作不是固定且堅硬的沉重寫作，而是像明滅的霓虹燈一樣，走向無限輕盈的寫作。

這本小說集讓人想起〈Just love me〉、〈Love is what you want〉的流行歌曲歌詞，一樣由簡潔輕快的文本所組成。翠西．艾敏曾說，霓虹燈總是會與不道德聯想在一起，但同時也強調了霓虹燈的性感魅力，不僅閃亮、強烈，而且充滿活力。朴相映在《二〇一九年第十屆青年作家獎獲獎作品集》中刊載的〈一片石斑，宇宙的味道〉的作家筆記，再次提到「我不屬於這裡」的感覺。直到在紐約的睡夢中，他才發現「在閃爍的地方和他們一起喝酒大笑，我也很自然地隸屬在這些人群之中」。燦爛的霓虹燈，閃耀的大都市和夢想、酒和笑容，我們可以說這是朴相映寫作的真諦。他自己也應該知道，霓虹燈其實就是獨自存在，在朦朧的黑暗中才能顯得更加耀眼。「Welcome to the PSY's Universe!」[60] 朴相映的霓虹燈現在正明滅閃爍著，向孤獨的你伸出雙手。希望你絕對不要錯過，那性感的霓虹燈。

姜知希——

在梨花女子大學韓國語言文學系獲得現代小說博士學位。目前擔任季刊《文學村》的編輯委員，韓信大學文藝創作系教授。著有文學評論《感染力（pathos）的影子》。

作者的話

已經是第二本書了。

寫作的時候並不自知，但是，為了這本書，在結集、修改小說的時候，經常感到羞愧。因為這本書的大部分內容，都出自於我和周圍很多人的「過去時期」。

在過去的歲月裡，我雖然想完全地只為自己活著，但其實很難忍受「我就是我」的事實。這兩種矛盾的情緒似乎讓與我在一起的人也感到十分難相處。在這樣的情況下，竟然還想寫題為《大都市的愛情》[61]這種宏大書名的小說，覺得自己真是臉皮太厚了……有人（絕對不是很好的關係）請我喝酒，心甘情願把他們的部分生活告訴我；甚至還有傾注了珍貴感情的所有的人們，以及現在雖然已經離開但也曾互相竭盡全力相待的人，我想對這些人的心意，表示衷心的感謝。

60 編注：這句是指「歡迎來到朴相映的宇宙」，PSY是朴相映的英文拚音縮寫。
61 編注：收錄於本書的作品之一，同時亦是本書韓語版的書名。

在書寫和修改這本書的短短一年多的時間裡，發生了很多變化。憲法裁判所判決墮胎罪不符合憲法，從此墮胎「罪」不再存在。HIV PrEP（暴露愛滋病毒前預防性投藥）的處方得到了食品醫藥處的核准，開始以高度感染危險人群為對象進行醫療保險支援。對於總是晚半步重現社會的作家來說，在適應我所屬的社會如此迅速變化的事實，可能讓我覺得有些吃力，但作為一個市民，我非常高興社會的發展速度快得無法追趕。

書中收錄的四篇小說作者「映」都是一樣的存在，同時也是不同的存在。現在寫作的我，也許也是和我相去甚遠的人物，也許是你熟知的某個人，甚至是你在極其困倦時想迴避的模樣。在作家這個身分之前，作為曾激烈地生活在兩千年代的一個年輕人，作為組成大韓民國社會的市民，對我來說，寫這個問題、說這些話是非常迫切的。甚至可以讓我付出自己的一切。

小說中正面討論了在這個社會上可能多少有些敏感的話題，我提醒自己不能忘記這些絕對不能擺脫的問題，也為了這些並不完美的事實盡了最大的努力。我發誓，那是需要一些勇氣的。

去年出版第一本書以後，從幾位讀者那裡得到前所未有的回應。其中雖然有好話、壞話、難以忍受的話，但也有特別令人記憶深刻的內容。

「謝謝你寫出我們的故事，寫出我的故事。」這是表示自己屬於酷兒族群，或感情上處於艱難處境的人，寫給我的話語。日常生活的我，其實是膽小、不安指數極高的人，他們寫給我的內容，充滿真誠的文字和勇氣，使現在的我、這本書成為可能。懇切希望，現在正在某個地方、以悲傷的心讀著本書的你，也能感受到這本小說是出自無數勇氣和竭盡全心努力的心意。

在寫作（或日常生活）當中，大部分時候都會感到自己如同獨自在灰塵中徘徊一樣茫然，但偶爾也有像是觸碰到什麼東西一樣感到溫暖的時刻，我將其命名為愛。雖然非常清楚，所謂愛情的這種情感、語言是多麼容易破碎，但我還是只能再次緊握拳頭，擁抱這小小的溫暖。我只能說，我熱愛我的生活、熱愛這個世界。只是為了繼續活著，我也務必要全心活出我自己的生命。

二〇一九年夏天，在我熱愛的大都市，首爾

朴相映

附錄

收錄作品發表年份及刊物

在熙——《輔音與元音》（자음과모음）二〇一八年秋季號
一片石斑，宇宙的味道——《創作與批評》（창작과비평）二〇一八年冬季號
大都市的愛情——《文學與社會》（문학과사회）二〇一九年春季號
遲來的雨季假期——《文學村》（문학동네）二〇一八年冬季號

---

* 〈在熙〉中工學院學生的訊息引用自Lee Da的圖畫散文集《Ida Play 的未刪減版》（Random House Korea 2008）。
* 在〈遲來的雨季假期〉中登場的暗示 HIV PrEP（Pre-exposure prophylaxis：暴露前預防性投藥）場景，是以「Truvada for PrEP Fact Sheet：Ensuring Safe and Proper Use」（FDA 2012）和「Pre-exposure Prophylaxis（PrEP）for HIV Prevention」（CDC 2014）為基礎寫成。此外，暴露後預防療法（PEP）已被證明，在「不安全性行為後」七十二小時內服用相同藥物，每二十四小時服用一次，持續二十八天，可有效預防 HIV 感染。（諮詢：韓國預防醫學專科醫師金宇容）
* 小說中的地名均取材於事實，其他人物和事件均為虛構。

潮浪小說館 001

在熙，燒酒，我，還有冰箱裡的藍莓與菸

대도시의 사랑법

作者	朴相映（박상영）
譯者	盧鴻金
協力編輯	溫智儀
主編	楊雅惠
校對	吳如惠、楊雅惠
封面設計	之一設計工作室／鄭婷之
總編輯	楊雅惠
出版	潮浪文化／遠足文化事業股份有限公司
發行	遠足文化事業股份有限公司（讀書共和國出版集團）
電子信箱	wavesbooks.service@gmail.com
社群平臺	linktr.ee/wavespress
粉絲團	www.facebook.com/wavesbooks
地址	23141 新北市新店區民權路 108-3 號 8 樓
電話	02-22181417
傳真	02-86672166

法律顧問	華洋法律事務所　蘇文生律師
印刷	中原造像股份有限公司
出版日期	2023 年 7 月
定價	360 元
ISBN	ISBN 978-626-96973-7-3（一般版）、978-626-97521-0-2（博客來獨家書衣版） 9786269697397（PDF）、9786269697380（EPUB）

潮浪文化　｜讓閱讀成為連結孤島的潮浪，讓潮浪成為連結心靈的魔法｜

線上讀者回函

潮浪文化社群平臺

國家圖書館出版品預行編目（CIP）資料

在熙，燒酒，我，還有冰箱裡的藍莓與菸 / 朴相映著；盧鴻金譯 . -- 新北市：遠足文化事業股份有限公司 / 潮浪文化，2023.07

面；　公分

ISBN 978-626-96973-7-3（平裝）
ISBN 978-626-97521-0-2（平裝，博客來獨家書衣版）

862.57　　112007044